月七日を探して

樋口美沙緒

キャラ文庫

この作品はフィクションです。
実在の人物・団体・事件などにはいっさい関係ありません。

目次

口絵・本文イラスト／高久尚子

夢を見ていた。それはなにか、不安な夢だった。

いつのことなのか。場所はどこなのか。

自分がどんな服を着て、誰といたのか？

水沢《みずさわ》涼太《りようた》には分からなかった。その日、眼が覚めると見た夢をすべて忘れていたからだ。


眼が覚めた時、涼太は病院のベッドの上に寝かされていた。

しばらく動けないほど体が硬く、まるで鉄を入れられたようだった。やっと首を動かすと、ギプスで固定された自分の右腕の向こうに、幼なじみが半袖《はんそで》の制服姿で座っているのが見えた。

幼なじみ――二宮《にのみや》恭一《きよういち》は、涼太と同じ十七歳とは思えない、大人びた容姿をしている。長身に、ほどよく筋肉のついた厚みのある体。やや長めの黒い前髪。その下に見える切れ長の眼は意志が強そうで、派手ではないのに、昔から一際目立つ男だった。その端整な顔を、恭一は涼太が見たこともないほどまっ青にしていた。

「……涼太、気がついたのか？」

そう言って、恭一が立ち上がった。

（なんだよ恭一、そんな……青い顔して。どうしたんだよ？）

いつも落ち着いている幼なじみの取り乱した様子に、涼太は恭一が心配になった。

なぜ自分は病院にいるのだろうか？　涼太は思い返そうとしたが、なにも思い出せなかった。

そしてこの幼なじみは、自分のためにこんな顔をしてくれるのか、とも思った。

（俺のことなんか、もう、関心ないんだと思ってた……）

病室には蛍光灯が点《つ》いて明るいが、カーテンを開けた窓の向こうはまっ暗だ。外には激しい雨が降っているらしく、風のうなり声と一緒に窓や屋根を叩《たた》く雨音が聞こえてくる。

涼太は「恭一」と呼んだ。もっと以前は「恭ちゃん」と呼んでいたが、子どもっぽく甘えた呼び方が気恥ずかしくなり、高校に入った頃から呼び捨てるようになっていた。

「俺、なんで病院にいんの？　なんで腕、折ってんの……？」

「お前、覚えてないのか……？」

恭一は端整な眉《まゆ》を寄せ、おそるおそる窺《うかが》うような視線を涼太に向けてきた。なにを、と涼太は思った。なにを覚えていないのかもよく分からない。

「おばさんにはさっき電話したから、もうすぐ来る。……北川《きたがわ》さんも、多分」

「きたがわ？」

恭一に言われ、涼太は耳慣れない名前に首を傾《かし》げた。北川とは誰だっただろう。記憶の底を何度かさらって、北川和馬《かずま》という名前を思い出した。

「……北川って生徒会長の？　あ、そういえば俺、昨日から生徒会に入ったんだっけ」

そうだ、忘れていた。確か昨日、涼太はクラスのじゃんけんで負けて、生徒会の文化祭臨時委員になったのだった。

北川というのは生徒会長の名前だ。恭一は去年から副会長をやっているのでさらりとその名前を出したのだろうが、涼太はまだ、ろくに顔合わせもしていない。

「俺程度の委員のところに、生徒会長が来るわけないだろ」

中途半端な自分が、生徒会に入会だなんて恭一はどう思っているのだろう？　気まずさがわいて、涼太はつい憎まれ口を叩く。しかし恭一は、ますます眉を寄せてきた。

「……涼太、今が何月何日か分かってるのか？」

訊《き》かれて、涼太は怪訝《けげん》な気持ちになった。

「五月だろ？　五月……何日だっけ。八日だっけ、九日だっけ」

起き上がろうとすると、恭一が強い腕を背に回して支えてくれた。恭一の厚い胸板が頬《ほお》に触れ、涼太はドキリとした。今までに一度だって、この幼なじみに感じたことのない種類の緊張だった。厚い胸板、薄い肩を摑《つか》んでくる大きな手のひらに動揺して頰が熱くなり、涼太はギプスをしていない左手で恭一の胸を押し退《の》けていた。

「い、いいよ。恭一。俺一人でも起き上がれるから」

その時、恭一がかすれた声で違う、と呟《つぶや》いた。

「違う。涼太。今は八月だ。八月、七日だよ。涼太、三ヶ月分の記憶、どうした?」

顔をあげると、すぐ眼の前に恭一の端整な顔がある。

「三ヶ月分の記憶だよ。思い出せないのか……?」

青ざめた恭一の顔と向き合い、眼と眼が合ったとたんに、涼太は心臓が射すくめられたように縮む気がした。

(あれ?)

頭の隅にずっとあった違和感が、この時急激にふくらんでいった。戸外から聞こえてくる嵐《あらし》の音やクーラーの涼しい風、恭一の着ている半袖の制服が、今が夏であることを証していた。

しかし今は、五月ではないのか?

……記憶がない。なにもない。涼太は不意に、そのことに気がついた。五月から八月にかけて。なにも思い出せない。

約三ヶ月分の記憶が、涼太の頭の中からは、すっぽりと抜け落ちていた。

一

涼太《りょうた》は夢を見るようになった。それは、淫靡《いんび》な夢だった。


その夢の中、涼太は半袖を着ていた。辺りは暗く、時間は夜だった。

外は嵐だ。激しい風と叩きつけるような雨に煽《あお》られ、窓ガラスがガタガタと鳴っている。時折外で稲光が閃《ひらめ》くと、部屋の奥に置かれた生徒会長の机が青白く浮かび上がる。

「やめろよ！」

夢の中の涼太は叫び、細い体でもがいていた。叫んだとたん我慢が切れて、涙がこみあげる。

涼太の上には、涼太より一回り体の大きな男が覆い被《かぶ》さっている。

涼太は薄く骨張った肩を力任せに掴まれ、埃《ほこり》っぽい生徒会室の床へ押し倒されていた。

「いやだ！　離せよ！　もうこんなことしないんだってば……っ」

涼太は高校二年生の男としては、ごく普通の体格だ。細身だが、薄い皮膚の下には若い筋肉がちゃんとある。けっして女っぽいわけでも、弱々しいわけでもない。それなのに、その男にはまるで敵《かな》わない。押し退けようと男の胸に手をつけば、みっしりと引き締まった筋肉の厚みを感じる。組み敷かれ、涼太は悔し涙をこぼした。

——いつもいつも、こうして俺をいいようにするんだ、こいつは。

(俺のことなんか、好きじゃないくせに……)

頭の中で、涼太はそう繰り返していた。

馬乗りになられて、シャツをむしられる。涼太は抵抗しようともがき、男の胸元を掻《か》いた。小さな金属の感触が爪先に当たり、無我夢中でそれをもぎ取って投げつける。生徒会室の隅に当たって、投げたものがカチッと音をたてる。

稲妻がとどろき、青白い雷光に照らされた男の胸元に、きっちりと結ばれた制服の青いネクタイが見えた。男はネクタイを解き、それで涼太の両手首を縛り上げてくる。

(ひ、ひど……こんなの、強姦《ごうかん》じゃんか……)

縛られたショックに、涼太は一瞬抵抗を失った。露《あら》わになった胸元へ、男が顔を伏せてくる。小さな乳首に男の熱い舌が這《は》い、涼太はびくんと震えた。どうしてこんなところが感じるのか。乳首はすぐに熟《う》れ、男の指に揉《も》まれると体の奥へじんと熱いものを感じた。

「あ……やだ……あっ、いやだ……っ、やめ、やめろよ……っ」

体の奥に響いてくるのは、快感の熱だ。これが大きくなるともう抵抗できなくなると、涼太は知っていた。ベルトをはずされ、下着ごとズボンを脱がされる。闇《やみ》の中に、持ち上げられた自分の足が、白くぼうっと浮かび上がっている……。

この男とは恋人同士でもないのに、なぜ抱かれているのだろう。まるで強姦のように。けれど性器をしごかれ、濡《ぬ》らされた指で後孔《こうこう》を犯される頃には、涼太は抗《あらが》えなくなっていた。快感に力が抜け、中から性器の裏側を刺激されると、体の芯《しん》が甘く崩れていく。やがて男は涼太の後ろへ、硬く大きな性器をあてがってきた。

「あ……っ、だめ、やめ……やめてよ、あ……っ」

ほぐされた場所へぬるうっと性器が挿入され、感じやすい場所が擦《こす》られる。涼太の内股《うちもも》はひくんと震え、下腹の奥へ切ない快感が走った。

――本当にやめてほしいのか？　こんなに感じているくせに。

男がそう言った。否定できなくて、悔し涙が溢《あふ》れる。強く腰を揺さぶられ、涼太はびくんと仰《の》け反《ぞ》った。波のような快感が襲ってくる。

「あっ……ああっ……ん、んっ、や、あ、いやだ……っ」

自分でも耳を覆いたくなるほどの艶《なま》めかしい喘《あえ》ぎ声だ。稲光が部屋を照らすと、自分の性器が硬くなってそそり勃《た》ち、男が腰を揺らすたびに濡れたものをふきこぼすのが見える。

こんなにひどいことをされているのに、自分はどうしようもなく乱れ、感じている――。

「あっ、あっ、だめ、やだ、あ……っ、んん、ああ……っ」

窓の外で風がうなっている。腰から下にはとろけるような快感を感じる。後ろめたさと裏腹に、理性が飛んでいく。そんな自分がいやだと思うのに、いつしか男に合わせて獣のように腰を揺らめかせてしまう。

やがて感極まり、涼太はあられもない叫び声をあげた。男が一瞬背を震わせ、生温い精が、涼太の中へ吐き出される――。

「あっ、あっ、……あ、あー……っ」

その刹那《せつな》、涼太もまた細い首を仰け反らせ、昇りつめていたのだった。

(俺より体がでかくて、同じ高校の男……それで、青いネクタイをしてる……)

昼休みの時間、水沢《みずさわ》涼太は昼食をとるのも忘れ、一人悶々《もんもん》と考えていた。

「おい、涼太。涼太、おーいっ、おいっ、なにボウッとしてんの?」

耳元でいきなり大声を出され、涼太はハッと我に返った。その瞬間、額からどっと冷たい汗が吹き出る。視界に映ったのは、小首を傾げている小柄な男子生徒だった。それは隣のクラスの友人、真鍋《まなべ》だ。

「……あれ、真鍋」

いつの間にいたんだ? という言葉を呑《の》みこみながら、涼太は辺りを見回した。

そこは涼太が通う陵明《りょうめい》高校の教室だ。時間はちょうど昼休み。窓からは陽光が射しこみ、室内は明るかった。教室の中は賑《にぎ》やかにざわめき、生徒たちは長袖を着ている。黒板に書かれた今日の日付は『九月二十八日』。

——そうだ、今は夏ではないし、嵐の夜でもない……。

(俺……『あの夢』のこと考えてるうちに、すっかり意識が飛んじゃってたな)

涼太の瞼《まぶた》の裏には、『あの夢』の光景がチカチカと点滅した。

耳の奥に、自分のあげる艶めかしい喘ぎ声が残っているようで、吐き気がする。どこにぶつけていいか分からない怒りが、胸の中に浮かんでくる。制服のシャツの下で心臓が激しく脈打ち、緊張で体が強《こわ》ばっていた。

「涼太あ、どうしたの？　具合悪いの？　顔色、まっ青だぞー」

真鍋は涼太と同じ中学校出身で、背が低く、丸顔にそばかすが散っており、愛嬌《あいきょう》のある容姿をしている。その顔を心配そうに歪《ゆが》めて、真鍋は涼太の顔を覗《のぞ》き込んできた。

「や、なんでもない。なんか眠くてさ。ちょっとぼうっとしてただけ」

ごまかしながら、涼太は無理矢理、笑顔を作った。

「昼飯は？　食わねえの？　涼太、一人？」

教室内を見ると、クラスに男子生徒は残っておらず、涼太だけになっていた。

数名の女子生徒がグループになって弁当を広げているが、もちろんそこに入っていくわけにはいかない。涼太は同じクラスに、特に仲のいい友人がいなかった。かといって仲間はずれにされているわけでもなく、それなりに誰とでも喋《しゃべ》ることができる。しかし常につるんでいるような相手はおらず、昼ご飯は大抵よそのクラスにいる幼なじみ、二宮恭一《にのみやきょういち》と食べることが多いので、自分から声をかけないと一人ぼっちになってしまうのだ。

「一人なら一緒に食べようぜ。俺さあ、涼太に相談があってきたの」

真鍋は人なつっこく笑い、嬉《うれ》しそうに涼太の腕を引っ張ってきた。「相談？」と首を傾げながら、涼太も素直に真鍋へ従って立ち上がる。二人で購買へ行くことになり、涼太はちらっと教室の後ろ扉を確かめてしまった。

そこには、長身の幼なじみ、二宮恭一の影はなかった。

（べつに、毎日一緒に食べようって約束してるわけじゃなし。俺も待ってないし）

そう思う自分の気持ちがどこか言い訳じみて、涼太は眉を寄せた。大体ここ数日、恭一は涼太と一緒に登下校するかわりに、昼休みは一向に現れなくなっていた。

「涼太、右手の怪我《けが》ってもういいの？　お箸《はし》も使えんの？」

購買へ向かう道々、真鍋は涼太の右腕を覗くようにして訊いてくる。涼太の右手首には包帯が巻かれており、それは八月に遭った落下事故の名残《なごり》だった。

「階段から落ちた瞬間って痛かった？　まっ暗だったんだろ？　何段くらい落ちたの？」

真鍋の無邪気な質問に、涼太は答えられず、困った。その事故を覚えていないのだ。

購買で売れ残りのパンと牛乳を買い、中庭のベンチに腰を下ろしてすぐ、真鍋が「それで相談なんだけどさあ」と切り出してきた。

「部の練習案、今日中に顧問に出さなきゃなんねえの。涼太、手伝ってよ」

真鍋が小脇《こわき》に抱えていたノートを差しだしてきたので、涼太はむっと眉を寄せた。真鍋は陸上部員だ。夏の大会が終わってからは、部長となって毎日張り切っている。涼太も、中学時代は真鍋と一緒に陸上部に所属していた。しかし高校では一年生の五月でさっさと退部してしまい、それからもう一年以上が経過している。

「お前なあ、部外者の俺に分かるわけないだろ。副部長と相談しろよ」

「だって恭一、生徒会だのなんだのって忙しいんだもん。言いにくいよ」

恭一の名前に、涼太は一瞬口をつぐんだ。恭一とは、涼太の幼なじみの、二宮恭一のことだ。恭一も中学時代から陸上を続け、高校では涼太が退部してからも残って、今や陸上部の副部長だった。生徒会副会長と二足の草鞋《わらじ》だから、その忙しさは大変なものだろう。

「涼太も、文化祭の臨時委員じゃん。生徒会って今、忙しいんだろお？」

（知らないよ。だって俺はただの委員だし。それも、じゃんけんで負けただけだし）

口には出さないが、涼太の胸にはひねくれた感情が浮かんだ。

帰宅部の生徒が極端に少ない涼太のクラスは、他のクラスと違って文化祭臨時委員に立候補する生徒がいなかった。そんな中涼太はじゃんけんに負け、誰かに代わってもらうのも申し訳なく、引き受けた。それだけだ。去年から全校生徒の代表として副会長を務めている恭一とは、しょせん立場が違う。けれど真鍋のなにげない一言からでさえ、恭一と自分を引き比べて悶々としてしまうことに、涼太はわれながら呆《あき》れてしまった。

「なー、いいからこれ見て見て。なっ、涼太、これ！」

小柄な体を寄せてノートを見せてくる真鍋に、涼太は観念した。もともと涼太は甘えられると弱く、むげにできない。真鍋もそれを知っているから、懐いてくれている。

ノートには陸上部メンバーの競技種目と、成績がつけられている。グラウンド使用時間やスペースなどの情報が次ページに続き、真鍋の丸っこい字で、何度となく修正されながら、ずいぶん丁寧にまとめられている。

「でねー、これがどうゆうことか知りたいの」

と言って、真鍋がノートの最終ページを見せてきた瞬間、涼太はドキリとした。

（あ、ここ書いたの、恭一か……）

やや右肩あがりの角ばった文字。見ただけで、幼なじみの字だと分かってしまう。それはどうやら真鍋と恭一の連絡票で、交換日記のように交互に意見が書かれていた。大きな丸文字で長文を書いている真鍋に対して、恭一は素っ気ないほど短い。

「恭一が生徒会で忙しいから、こういうの始めたの。俺が昨日、『今期の練習方法どうする？』って書いたらその返事がこれでさ、もう全然、意味分かんない」

真鍋は困ったように、肩を落とした。くだんの恭一の返事は走り書きのような字で、

『案：個人練習軸。成績による班編制、責任者選。各人の目標中心』

である。この無愛想な文章では、普通はなんのことやらさっぱり分からないだろう。救いを求めるような眼をしてくる真鍋へ、涼太は思わずため息をついた。

（恭一は忙しいと、自分が人よりできすぎるって、忘れるんだよなあ……）

「基本は個人練習を軸に、成績ごとに班編成して、班長をたてたら？　ってことじゃない。で、個人目標たてさせてそれに沿って全体を動かそうってことだと思うけど」

涼太はなんとなく、頭に浮かぶことを言う。すると困っていた真鍋の頬が、みるみるうちに紅潮した。ノートの間から提出用らしいプリントを出して、そこにせっせと涼太の言うことを書き込んでいく。これでいい？　と見せられて、涼太は一緒に考えてやった。

「助かったぁ。そういえば涼太が副部長だった時も、こんなことしてたよな」

真鍋は思い出したように言った。涼太が副部長だった時。そういうこともあった――。中学の時だ。陸上部で、恭一が部長で涼太が副部長をやっていた。

「涼太が恭一の頭の中理解できるのって、やっぱり普段からなんでも話してる差かなあ」

感心したように言ってくる真鍋に、涼太は憮然《ぶぜん》とした。

（なんでも話してたのなんて昔のことで……今の恭一のことは、俺だってよく分かんないよ）

「このノートのまとめも、涼太が中学で副部長やってた時のを真似《まね》たの。いつも、すっごいき

れいに部の記録まとめてたじゃん。俺、感動してたもん」

真鍋は「なあ、やっぱりさ」と、身を乗り出してきた。

「涼太、また一緒に陸上やろうぜ。面倒見いいお前がいてくれたら、恭一だって……」

「いや、陸上はやんない。俺、そういうの全部、面倒くさくなったの」

涼太が誘いを遮《さえぎ》ると、真鍋は淋《さび》しそうな顔をした。その顔を見ると、胸が鈍く痛む。かといって、一緒に陸上をやる、と言えるわけでもない。ごめんなと謝っても、中学の頃のように戻れるわけでもない。

「嘘ばっか！　涼太は頑張ってないと、ダメなくせに」

けれど真鍋はすぐににっこりし、考えとけよ、と言ってパンを食べ始めた。無邪気な真鍋に、涼太は内心そっとため息をついた。

頑張っていないとダメ。中学時代ならそう見えたかもしれない、と思う。

涼太のノートがきれいだったのは、そう書こうと努力していたからだ。中学時代、陸上部の副部長をやっていた頃、誰に言われたわけでなくとも毎日の練習内容や部員のタイムを丁寧に書き留めていた。けれど今はもう、そんなふうになにかを努力することはやめてしまった。なにもかも、面倒くさくなったのだ。

（俺は本当は、もとからそういう中途半端な男だったんだよ。きっと）

昼食を終えて真鍋と別れ、教室へ戻る廊下を歩いていた涼太は、ふと足を止めた。

(あ、恭一……)

廊下の窓からはグラウンドが見え、お昼休みの今、中央では数人が固まってバレーをしている。そこから少し離れた場所で、涼太の幼なじみ、二宮恭一がたった一人で走り込みをやっていた。

(……昼休みに、個人練習してたんだ)

恭一は、八百メートルの中距離選手だ。

もともと、中学で陸上をやろうと誘ったのは涼太だった。競技種目をまだ選んでいなかった恭一に、自分と一緒に八百メートルをやろう、と言ったのも涼太だった。

高校に入ってからも、一緒にやるつもりだった。けれど続けているのは恭一だけだ。

(そっか、お昼に練習してるから、俺のとこに昼飯食いに来なかったんだ……)

それはべつにいい。大体、昼食を一緒に食べたいわけではない。

そう思うと同時に、どうしてか事故で怪我をした右手首が痛む。夏休みが明け、通学が始まってからというもの、恭一は毎朝毎夕涼太を送り迎えしてくれていた。

(……多分それで、部の練習出られないんだろ。だから真鍋があんなノート作って、交換日記してるんだ。生徒会だって忙しいくせになに考えてんだよ。俺のために苦労して)

たった一人で黙々と走っている恭一の姿を見ていると、涼太の胸には言いようのない申し訳なさが浮かんできた。そしてその裏には、じんわりと劣等感が広がる。

(俺のことなんか、放っておけばいいじゃん。……ただ幼なじみってだけなんだから)

廊下で一人立ち尽くしている自分を、涼太はふと、孤独に感じた。

胃がきりきりと痛み、涼太は鳩尾《みぞおち》を押さえた。

脳裏に、『あの夢』の映像が浮かびあがる。

(俺は、記憶がない三ヶ月の間、男に犯されていたかもしれない……)

涼太は、そう思っている。そういう夢を見るのだ。男に犯されていた夢を。

もしも恭一がそれを知ったら、どう思われるだろう?

そう思うと得体の知れない恐怖が胸にわき、涼太は奥歯をきつく、嚙《か》みしめた。


私立陵明高校に通う、平凡な高校二年生。もし人に自分のプロフィールを訊かれたら、涼太はそれ以外に答えられることはなにもないと思っていた。

涼太の背丈は十七歳男子の平均。身幅が狭くほっそりとしているが、それなりに筋肉もついている。しかし撫《な》で肩で、腰が薄いので逞《たくま》しくは見えない。けれど誰が見ても男だ。

中学の頃は真鍋が言うように、面倒見がいいと言われていた。しかし今は部活もやっていなければ、クラスで率先してなにかをすることもなく、席が近い人間とは普通に会話もするけれど、休日まで一緒に遊ぶような友人は、高校にはいない。当然、彼女もいない。恋愛なんて

——想像すらつかない遠いものだ。

だからほんの二ヶ月前に事故に遭い、やがてある『夢』を見るようになるまで、涼太は自分が「セックスを知っている」だなんて、考えたこともなかった。

二ヶ月前の八月七日、涼太は夜の学校で足を滑らせ、階段から落下する事故を起こした。右手首の骨折と両足首の捻挫《ねんざ》で病院に運ばれたが、捻挫は一週間ほどで完治し、今では右手首のギプスもとれた。ただ治らなかったものがある。

それが記憶喪失だった。

階段から落下した後、病院のベッドで目覚めた涼太は、五月から事故直前の八月七日にかけての三ヶ月分、記憶を失っていた。

逆向性健忘、あるいは部分健忘とも分類できるらしい。ＣＴやＭＲＩを見る限り脳の異常はないから、多分事故のショックで忘れた、心因性のものだろう、と医者に言われた。

『心の状態が元に戻れば、自然と記憶は戻るでしょう』

両親は驚いたけれど、医者にそう言われたので胸を撫で下ろしたようだ。勉強はその分遅れることになるが、三分の一は夏休み中の記憶だから、取り返せる程度だ。涼太も、たった三ヶ月のうちに忘れて困るようなできごとなど、あるはずもないと思い込んでいた。

ところが事故から一ヶ月ほど経ったある日、涼太は突然、恐ろしい夢を見た。

それは嵐の夜、無理矢理男に抱かれる夢だ。眼が覚めた涼太は、ショックで泣いていた。

（なんで俺が、男に抱かれてんの？　俺、男が好きだったの……？）

最初は、間違って見た夢だと片付けた。けれどそれから毎日、同じ夢を見るようになった。目覚めても、男に犯された感覚はハッキリと残り、夢と同じタイミングで射精して、下着がぐっしょり濡れることもある。そんな時は、深い自己嫌悪で落ち込んでしまう。

最近では、ただの悪夢だとは割り切れなくなった。そもそも男とのセックスなんて知識もなかったような自分が、想像だけであんな夢を見るなんて考えられない。

涼太は時々、抱かれていた感覚を思い出す。するとえもいわれぬ甘い快感を思い出し、性器が反応する。

――あっ、あっ、ああ……っ。

女のようだった自分の喘ぎ声。抵抗しながらも、気がつくと官能に飲みこまれ、男のものでイカされていた自分。最後には自分からしがみついて、ねだるように腰を揺らしていた。あれが自分だなんて、とても思えない。思いたくない。

もし『あの夢』が事実なら――失われた三ヶ月の間に、涼太は「自分の知らない自分」に変わっていた、ということだ。そしてそれが現実なら、『あの男』は誰なのだろう？

『夢の男』は長身で、涼太より一回り体が大きい。

抱かれている場所は生徒会長の机が見えたから、生徒会室。

半袖だったから、季節は夏。嵐の夜だった。

学年ごとに制服のネクタイは色が変わる。男の青いネクタイは三年生のものだ。

しかしそれだけでは、相手の正体までは分からない。手がかりなど、ないに等しい。

涼太が事故で記憶を失ったことを知っているからなのか、涼太がなにも言わないからなのか、あの『夢の男』は強姦しておいて、今は素知らぬふりをしているようだった。

そう考えると、泣きたくなるほど腹が立つ。相手が分かれば、あの夢が現実なのか分かるだろう。とはいえ、どうやって『夢の男』を捜し出せばいいのか。

涼太は恐れていた。

(あの夢をもう見たくないし、誰にも知られたくない。もし俺を強姦した男がいるんなら、見つけ出して殴ってやりたい。……だけどあれが事実だったなんて、認めたくない……)

涼太の心はいくつにも乱れ、まとまらなかった。涼太の毎日も、涼太自身も、いまや夜に見る悪夢に侵されていたのだった。

二

中学で陸上部に入って、初めて陸上競技場に連れて行かれた時、涼太《りょうた》は八百メートルをやろうと決めた。

スタジアムの上にかーんと抜けるような青空。トラックの内側に延々と続く広大な芝生の青い匂い。スタートラインに並んでコースの先をじっと見つめると、スタジアムの一番奥が、陽《かげ》炎《ろう》に揺れて見えた。四百メートルトラックを一周半する頃――とてつもなく苦しいのに、急に世界からあらゆる音が消え、頭の奥が冷たく冴え渡って、まるで世界には自分だけのように感じる。涼太は、その瞬間が好きだった。

(あー……恭《きょう》ちゃん、まるで野生動物みたい)

自分のタイムを測り終え、額の汗を拭《ふ》いていた十四歳の涼太は、今まさにグラウンドのトラックを走り抜けていく恭一《きょういち》の姿に見惚《みと》れていた。燃えるような赤い夕空を背景に、恭一のフォームは黒いシルエットになって浮かんでいた。躍動する恭一の手足が、いつかテレビで見た、サバンナを駆け抜ける豹《ひょう》のように美しく見えた。

一年めから選手に選ばれた恭一と違い、涼太は長い間補欠だったが、ひがんだりはしなかった。自分が走ることも、恭一の走る姿も好きだったからだ。

恭一が二周目を終え、一年生のマネージャーがタイムを記録する。それを覗き込んで自分のノートにもメモを取った涼太は、素直に感心した。

(恭ちゃん、またタイムあがってる……すごい。俺も頑張ろう)

「練習、終了ー！　みんな、ミーティングやるぞ。集まってー」

一通りの練習が終わり、涼太は大きく手を打ちながら部員たちを集めた。三年生が引退したばかりの九月。部長は恭一、涼太が副部長になっていた。部員たちが練習をやめ、部長の恭一を囲んで円になる。涼太が恭一の隣に並ぶと、恭一が声を発する。

「それじゃ、各自、今日の練習内容と反省。真鍋《まなべ》から」

部員が一人ずつ今日の反省を言っていく。恭一はまだ十四歳にもかかわらずやたらと威厳があり、発言する部員たちはどこか緊張している。ちょっとでも練習をサボっていたりすると、容赦のない一言が飛んでくると知っているからだ。

「……あの、今日はうまくできなかったので、あと一秒、縮めたいです」

何人目かで発言したのは、一年生の部員、加川《かがわ》だった。気が弱いタイプで、そのうえ要領が悪いらしい。努力はしているのに、ここのところ特にタイムが伸び悩んでいた。ほとんど消えそうな声で言った加川に、

「三ヶ月前から同じことを言ってるな。自分のタイムを確認しろ」

恭一がそう言った。そのコメントに、言われた一年生がうつむき、部員の間に「あ、言っちゃったか」という空気が流れる。しかし横で聞いていた涼太だけは、不意にこらえきれなくなり、ぷっと噴き出した。

「恭ちゃん。なんでそういう言い方になるんだよ？」

一年生の子がうつむいていた顔をあげ、戸惑ったように涼太を見てくる。

「それじゃ言葉足りてないよ。続きちゃんと言って」

涼太が恭一の肩へ自分の肩をどん、とぶつけると、恭一は困ったように眉を寄せた。

「……三ヶ月前から比べたら、タイムが三秒縮んでるはずだ」

「だから、ちゃんと目標達成できてるよ。加川、目標設定しなおしてな」

涼太がつけ足すと、加川の頬に、淡く笑みがのぼった。

「恭ちゃん、ちゃんとお前らのタイム覚えてるからな。みんな、サボるなよ！」

涼太のまとめに、部員の中から「げーっ」と声があがり、場の雰囲気が和んだ。

「涼太ってすっげえなあ」

その日片付けをしていると、真鍋が感心したように言ってきた。

「俺、恭一の言葉聞いたら怒ってるだけと思ったもん」

涼太は真鍋がなにに感心しているのか、よく分からなかった。その日並んで一緒に帰りながら、涼太は恭一に、「真鍋が、恭ちゃんが本当にタイム全員分覚えてるのかって気にしてたよ」と笑って報告した。

本当は、タイムを全員分覚えているのは涼太だった。しかし涼太が覚えていることはすぐに恭一に伝えられるから、同じことだと涼太は思っていた。夕焼けの残照が西空の際に残るだけの薄暗い帰り道だった。ふと、恭一は涼太を振り向き、

「俺も覚えてるよ」

と言ってきた。涼太は「マジで？」と眼を丸める。すると恭一が、「お前のタイムだけだけど」と言った。

「俺の？　俺のだけ？　なんで？　あ、俺に抜かされるのが怖いんだな？」

勝手に決めつけると、普段あまり笑わない恭一が、口の端でふっと微笑《ほほえ》むのが見えた。その笑みが優しく、涼太は思わずドキリとした。

「……涼太は、いい子だな。頑張り屋で」

ぽつりと、独り言のように、恭一が言った。残照を受けて夕闇の中に淡く浮かぶ恭一の顔は、その後どうしてかほんの少しだけ、淋しそうに見えた。

その日の放課後、生徒会室に行こうとしていた涼太は、教室を出たところで待っていた恭一

に、足を止めた。H R《ホームルーム》も終わって、教室や廊下に人はまばらだった。橙色《だいだい》の西日が落ちる廊下の片隅で、恭一が端整な顔を向けてきた瞬間、涼太は緊張した。

「今日、文化祭準備の会議なくなったから。明日に変更になった」

淡々とした口調で、恭一がそう告げてくる。恭一はいつも落ち着いていて、言葉少なで、それゆえなにを考えているのか分かりにくい。

「陸上部も今日は休みだから、一緒に帰ろう」

誘われて、涼太は戸惑った。昔は当たり前のように一緒に登下校していたが、高校に入ってからは自分が避けていたせいと、部活を辞めたためにそれも少なくなった。

「……いや、でもお前もさ、折角空いた放課後だし。もし用事とかあるんなら」

「ないよ。一応、おばさんになるべく一緒に帰ってくれって頼まれてるから」

これ以上断る理由を探すのもおかしな気がして、涼太は黙った。

(母さんに頼まれたからってだけだろ)

言わないが、内心ではそう思う。家が近く、子ども同士仲がよかったから母親同士も顔見知り。涼太の母親は恭一を信頼していて、涼太の心配事をすぐ恭一に相談してしまう。事故後の通学が始まってからというもの、恭一は怪我を気遣ってくれているらしく、朝涼太を迎えに来て、帰りも時間を合わせてまで一緒に帰ろうとするようになった。

涼太はべつにいいと言っている。けれど結局、断り切れない。

（恭一だって、ただ、幼なじみだから一緒にいるだけなのにさ）

——だったら、もう放っておいてくれ。

陸上部を辞めてしまった一年半前からずっと、何度か言おうとして言えないでいる言葉が、また胸の内にわいてくる。そして結局言えないまま、涼太は恭一と並んで歩き出した。

「持つよ」

恭一がごく自然な動作で、涼太の肩からカバンを取った。まだ完治していない右手首を気遣ってくれたのだろう。「いいよ」と言ったが「バス停までだから」と言われてしまうと、もうなにも言えなくなる。

（いつもバス降りてからも、持ってくれるんじゃんか……）

この素っ気ない恭一の優しさが、素直にありがとうと言えなくなった涼太には居心地が悪かった。そうなってしまったのは、高校で陸上部を辞めてからだ——。

「恭一さ、母さんが言うからって俺の送り迎えしなくていいんだよ。朝も、面倒だろ」

制服のポケットに左手を突っ込み、肩を緊張させながら涼太は言葉をつぐ。

「俺なんかより、大事なことがいっぱいあるだろ。例えば……部活の朝練とか」

涼太の脳裏には、昼休みに恭一が一人で練習をしていた姿がふっと浮かんだ。真っ昼間、残暑の中練習するのは早朝に練習するよりずっときついはずだ。昼食も満足に食べられず、午後の授業は疲れて受けることになるだろう。

（……あそこまでしてほしいなんて、俺は思ってないよ）

けれど素直な言葉は出てこず、涼太はひねくれたことを言ってしまう。

「俺なんかのせいでお前のタイムが落ちたら、俺、疫病神じゃん」

「……卑屈だな」

それに恭一がぽそっと呟いたので、涼太はぐっと言葉に詰まった。劣等感や情けなさが喉《のど》の奥にこみあげてきた。同時に、ふつふつと怒りもわいてくる。

（卑屈にもなるよ。……しょうがないだろ、俺はお前ほどできないんだから）

今考えていることがまさに卑屈だ。自己嫌悪に、涼太は黙り込んだ。昔はいい子だと言ってくれたのに。恭一にも、ダメだと思われているのだという気がしてくる。

やがて薄暗い下駄箱で、二人それぞれ靴を履いていると、後ろから「二宮先輩」と恭一に声がかかった。見ると、一年生らしい女子生徒が二人、もじもじして立っている。涼太はとっさに（告白だな）と思い至った。

そして思ったとたん、なぜか妙なほどの胸苦しさに襲われて戸惑った。

「あのう、ちょっとお時間いいですか。すぐ終わります。お話があって……」

彼女たちが小さな声でお願いする。顔立ちが整い、成績も抜きんでて副会長までやっている恭一が、女の子から告白されることは珍しくない。恭一は、ちらっと涼太を振り返ってきた。涼太はどうしてか、その視線から逃げるようにそっぽを向いてしまった。

「ごめん。今はちょっと……また明日でよければ時間を作るけど」

すると背後から、そんな声が聞こえてくる。

恭一は自分のために、彼女たちの告白を後回しにしようとしている——。

一瞬、涼太の胸に生まれたのは安堵《あんど》だ。けれどそのことに、涼太は愕然《がくぜん》とした。

(俺、なに考えてんの？　なんでホッとしてんの？)

自分の気持ちが理解できず、涼太は慌てて恭一を振り返った。

「恭一、いいって。俺、先行ってるから。一人で帰る。話聞いてあげなよ。じゃあな」

涼太は恭一の腕から乱暴に自分のカバンを取ると、校舎から駆けだしていた。

駆けながら、胸の底からムカムカしてくるものを止められなかった。なにに腹を立てているのか分からない。恭一がモテることに、嫉妬《しっと》しているのだろうか？

(でもそんなの、昔からだったじゃん……前はこんなこと感じなかった)

涼太はつい最近から、自分はおかしいのだと自覚していた。

恭一に対して素直になれなくなったのは、高校で部活を辞めた一年半前からだが、恭一が告白されるような場面を見て苛立《いらだ》つまでになったのは、記憶を失ってからだった。自分の感情が理解できず、涼太は戸惑ってしまう。

「涼太、待てよ」

正門を脱けようとしたところで左腕を掴まれ、涼太はハッと立ち止まった。振り向くと、恭一が走って追いかけてきていた。

「……な、なに。彼女たちの話、もう終わったの」

「明日にしてもらった。お前一人で帰せないだろ」

当然のように言われ、涼太は一瞬言葉を失った。内心、彼女たちより自分を優先されたことに満足感を覚えた——自分でさえ受け入れられない、気持ちの悪いその感情を見透かされたような気がして、涼太は頭の中から血の気がひいていくような気がした。

（男が男に、抱くような気持ちじゃない……なんなんだよ、俺。おかしいよ）

とたん、脳裏をよぎったのは『あの夢』の映像だ。男に抱かれて、感じていた自分。

涼太の肩から再びカバンをとろうとした恭一へ、涼太は思わずカッとなった。

「あのな、普通に考えてみろよ。俺は男！　このくらいの怪我、大したことない。俺よりあの子たち優先しろよ。俺とは、ただ幼なじみってだけじゃねえか！」

ただ、幼なじみというだけだ。それだけで、優しくされるのはいやだ、と涼太は思った。

「……涼太」

恭一が、切れ長の眼を困ったように細める。まるで、だだっ子を見るような瞳だ。

「最初に帰ろうと誘ったから、お前を優先するだけだろう？　……最近、どうしたんだ？　階段から落ちて、夏休み明けてからのお前……ずっとおかしいぞ」

夏休みが明けてからの自分——それは、『あの夢』を見るようになってからの自分だ。

「おかしくなんか……ない。おかしいの、お前だよ。俺、女じゃないの。だから、べつに面倒見てくれなくていいって言ってんの。俺は男なんだから」

「さっきから、男だの女だの、なんでそんなことにこだわってるんだ?」

恭一の言葉に、涼太はドキリとした。

「なにか、気がかりなことでもあるのか? 人に相談できないような…」

恭一はなにげなく言ったのかもしれない。けれど涼太は言葉を失い、口の中がからからに乾いていくような気がした。心臓を掴まれたように、息苦しくなる。

「……そんなわけないだろ、そんなわけ」

涼太は反論したが、声は小さくなった。

——俺は男に強姦されてた。男に犯されて、感じてた。

自分で思っておいて、ショックを受けた。急に吐き気がし、涼太はよろめいた。

「涼太……っ」

強い腕に左手を掴まれ、涼太は引き寄せられていた。頬に厚い胸が当たる。ハッとした時には、恭一の腕の中にいた。大きな手のひらが、ぐっと涼太の肩を包んでくる。恭一の男っぽい体に密着され、涼太は心臓が早鐘を打ち始めるのを感じた。

「大丈夫か? 顔がまっ青だぞ。気分悪いのか? 吐きそうか? タクシー呼ぶか?」

いつも無口な恭一が、矢継ぎ早に訊いてくる。心配そうな顔をして——。

胸の奥がじりじりと焦げるように痛んだ。なんだよ、と涼太は思った。

(俺のことなんか……もう興味ないだろ？　呆れてるんだろ……？)

いつも無表情で、感情なんてちらとも見せないくせに、こんな時だけそんな焦った顔をするのはずるい、と涼太は思った。

(俺のこと、まだ好きでいてくれるのかなって思っちゃうだろ……)

そんなわけはない。もう全部昔のことだと、涼太は知っている。自分はもう変わってしまって、恭一の好きだった自分ではない。

(恭一も、俺より大きな体だ……あの男が、恭一だったらどうしよう)

ふと、涼太は思った。夢の中で、自分を犯していた男は、恭一かもしれない。けれどすぐにその可能性を否定する。『夢の男』は青いネクタイをしていた。青いネクタイは三年生の指定色で、恭一は自分と同じ赤いネクタイをしている。

(それに恭一が、俺にあんなことをするはずがない)

あんなふうに、自分を抱くはずがない。恭一がずっと昔涼太を好きだと言ったことさえ、今では夢だったのかと思っているくらいなのに。

涼太と恭一が仲良くなったのは小学校二年生の時、涼太が話しかけたのがきっかけだった。

いつも一緒にいるから比べられることも多かったけれど、涼太は劣等感なんて感じたことは一度もなかった。

涼太にとって恭一は自慢で、恭一を見ていると追い抜いてやろうというより自分も頑張ろうという気持ちになれた。それに自分は、恭一のことをなんでも分かっている――涼太には、そんな自信があったのだ。

恭一はもともとの能力が高いのだろう。運動だけではなく勉強もよくできた。例えばノートは教師の話から要点だけを絞り、メモをとる。板書を丸写ししたりはしない。そういうマイペースなタイプで、それが涼太には自立して見えた。

二人の関係に変化があったのは、十五歳の修学旅行の夜だった。

中学三年生の五月、三日間の行程で出かけた旅行先は京都《きょうと》・奈良《なら》・大阪《おおさか》。旅行中は男女問わず浮かれた雰囲気になり、旅行二日めの夜、宿泊した旅館の部屋で、誰が言い出したか全員が自分の好きな女子の名前を告白するという流れになった。

涼太は恭一と同じ班で、宿の部屋も一緒なら、布団の並びも隣同士だった。思えば最初から、恭一はこの話に乗り気ではなかったようだ。数名の男子生徒が興奮気味に『あの子が可愛《かわい》い』『告《コク》れよ』とはやし立てる中、一人なにも言わずに押し黙っていたから。

涼太はというと、それまで恋愛などまるで意識をしたことがなかった。その頃の涼太は陸上や学校の勉強、恭一のことで頭がいっぱいだったのだ。だからみんなの話をただ笑って聞いていたのだが、やがてお鉢が回ってきた。

好きな子なんていない、と涼太は笑った。しかし周りは嘘だと言い張った。

「涼太、前に三組の大西《おおにし》が可愛いって言ってたじゃん」

涼太は覚えていなかったが、なにかのはずみで言ったのかもしれないとも思った。三組の大西というのは、誰から見ても可愛く、モデルクラブに入っているような子だった。

「うーん、じゃあ、俺、大西が好きなのかも」

軽く合わせると、その場にいた男子生徒は「告白しちゃえよ」と調子づいた。涼太もだんだん大西が好きなような気になって「じゃあしちゃおうかな」などと軽口を叩いたりした。その興奮したノリのまま、誰かが「二宮は？」と訊《たず》ねた。

その時恭一は、それまでの流れなどまるで無視したような、低く冷たい声で答えた。

「いるよ。でも、簡単に口にできる程度の相手じゃないから」

その突き放すような口調に、一瞬で、その場は白けてしまった。その声のあまりの真剣さに、気圧《けお》されたというのもあっただろう。全員が言葉を失い、ぽかんとする中、恭一だけはマイペースに「寝る」と一言言って、本当に寝てしまった。

付き合いの悪いやつ——という空気が流れる中、涼太一人がびっくりしていた。

(恭ちゃん、好きな人なんていたんだ……)

毎日のように一緒にいるのに、恭一に好きな人がいる、というのを知らなかった。知らなかったということが、涼太にとってはなによりショックだった。

相手は誰なのか、気になってその後の旅行中も上の空になった。その上なぜか恭一は翌日から妙に不機嫌で、よそよそしかった。新幹線で東京に戻ることになった時、涼太が席を離れ一人デッキでペットボトルのジュースを飲んでいると、恭一が追いかけてきたので、涼太はチャンスだと思った。

「恭ちゃんの好きな人って、誰？」

自分もペットボトルを持ってきていた恭一は、そのキャップを開けながら顔をしかめた。

「……お前こそ、本気で大西が好きなのかよ」

その声はひどく苦々しかった。好きか、と訊かれるとべつにさほど好きではなかったが、それを否定すると、まだ恋愛もしたことのないお子様には好きな相手を話してやれない、と拒否されそうな気がして、とっさに「うーん、可愛いなと思うよ」と返事していた。

「それで、恭ちゃんの好きな人ってさあ……」

「お前」

不意に、恭一が言った。新幹線に乗っていたので、線路を走る重低音に一瞬聞き間違えたかと思い、涼太は「え？」と訊き返した。

「だから、お前。俺はお前が好きなの」

涼太はぽかんと口を開け、眼を瞠《みは》って恭一を見つめた。恭一は怒ったような顔をしており、小さく舌打ちした。それから、けど、と言葉を続けた。

「べつに返事は要らない。分かってるから。あと、大西に訊いたけど、あいつ彼氏いるぞ」

最後につけ足された大西の情報は、もはや涼太の耳には入ってこなかった。ただただ、お前が好きという言葉が頭の中で何度も反響し、それから、返事は要らない、という言葉がぐっさりと胸に刺さるのを感じた。

「……え？　ちょっと待って。なんで返事、要らないんだよ？」

間抜けな声で訊くと、恭一は顔を背けた。

「俺は男でお前も男。どうせ付き合えない。俺は、今までどおりでいいから」

だからもうこの話は終わり。その時恭一はそう言い、一人さっさとデッキを出て行ってしまった。涼太は呆然《ぼうぜん》として、その場に立ち尽くしていた。

(恭ちゃんは俺が好きだったの？　俺を好き？　俺のこと……付き合いたいって意味で？　あれ、でも、返事は要らないのかよ？)

涼太は混乱した。頭を何度も何度も重いもので叩かれたようなショックだった。

(俺のどこが好きなんだろ？　頑張り屋って言ってたから、そこ？)

大西のことなどきれいさっぱり忘れてしまい、頭の中には恭一のことしかなかった。まっ赤になった頬を鎮めるためにトイレで顔を洗い、席へ戻ったが、恭一はすまし顔でいつもどおりの様子だった。

それまで一度も意識などしたことがなかったのに、それから、涼太は急に恭一の視線を気にするようになった。ただただ楽しくて頑張っていた陸上や勉強も、恭一が見てくれているのかも、もっと頑張ればもっと好きになってくれるかも、と考えるようになった。逆に思うように結果が出ないと、呆れられたかな、と不安になった。

やがて涼太の心の中には、その不安ばかりが大きくなりはじめた。恭一のその後の態度は修学旅行前となに一つ変わらず、もう二度と好きだとは言ってくれなかった。

(俺のことが好きって言ったのは、本当だったのかな?)

ある時ふと、涼太はそう思ってしまった。

(好きっていうのは、恋愛じゃなくて友達の好きだったのかも……)

普通、本気で好きなら告白の返事がほしいはずだ。最初から付き合えない、と決められていたのは、男同士だからで、それはつまり友情の延長でしかないという意味だったのか?

それまでずっと恭一がなにを考えているのか、分からなくなるなんてことはなかった。けれど気がつくと涼太は、恭一が自分をどう思っているのかについてだけ、分からなくなっていた。

それでも胸の内の不安を押し込んで、高校も同じ学校にしようと誘った。実際同じ学校に入学し、同じ陸上部に入った。また三年間、お互いにお互いが一番親しい存在でいられると思っていた。小さなほころびから亀裂が入り、いつか関係が壊れてしまうなんて——その時の涼太は、考えないようにしようと必死だったのだ。

「……ごめんねえ、恭一くん。ありがとうね」

　階下から聞こえてくる母親の声で、涼太は眼を覚ました。部屋の中は暗く、わずかに開いた扉の隙間《すきま》から廊下の電光がうっすらと筋になって差しこんでいた。そこは涼太の自室で、声は階下の玄関から聞こえてくるようだった。

「涼太ったら軟弱になっちゃって。夜中も何度も眼が覚めてるみたいなのよ」

　おしゃべりな母親の声が、一際大きく聞こえてくる。

（そっか、俺、学校帰りに具合が悪くなって…）

　はっきりと覚えていないが、涼太は恭一に支えられて自宅へ戻り、すぐベッドに潜り込んだのだった。蛍光塗料で光る時計を見ると、帰ってきてからまだ三十分くらいしか経っていない。

涼太はベッドを抜け出して、そっと階下へ下りていった。

（恭一にお礼、言うべきだろうけど……）

　ありがとうと言いたい気持ちはあるのに、情けないところを見られたという気持ちもあって素直になれない。結局、涼太は足を止めて階段の途中に座り込んでしまった。

「……記憶喪失になってるからかしら。病院で診てもらっても悪いとこないって言うのよ」

　母は明るく話しているが、言葉の端々で心配するような声音になった。

「……涼太は、気が優しいとこがあるから」

静かな口調で恭一がつけ足すのが聞こえ、涼太はドキリとした。

「悩んでても一人で無理してるんじゃないかって、心配です」

「そうお？　そんな殊勝な子？　恭一くんくらいしっかりしてくれたらねえ」

比べられてムッとしたが、すぐに恭一が「涼太は、頑張ってますよ」と言ったので、涼太は思わず息を呑んだ。

——涼太は、いい子だな。頑張り屋で。

優しく眼を細めて呟いてくれた、恭一の声が耳の奥へ戻ってきたせいだった。

「じゃあ、俺帰ります。明日の朝も迎えに来ますから」

「久しぶりにご飯食べてかない？　こないだ偶然スーパーで恭一くんのお母さんと会ったの。お母さん、一昨日からまた海外出張行ってるんでしょ？」

「美保子《みほこ》、恭ちゃんとご飯食べたいぃ」

美保子の甘えたような声がした。美保子は涼太の、九歳下の妹だ。どうやら玄関先で恭一を見送っているのだろう。母親も妹も、男前の恭一をことのほか気に入っている。

「ごめん。今日は帰るよ」

「だめよ、美保子。でも、次は約束ね。恭一くん最近、あんまり来てくれないんだから」

そのうち玄関扉の開く音がして、すぐにバタンと閉じた。涼太は足早に階下に下りて「母さん」と声をかける。台所のほうからは、カレーのいい匂いが漂ってくる。

「あ、お兄ちゃん。恭ちゃん帰っちゃったよ。お熱大丈夫？」

涼太は、訊いてきた美保子の小さな頭を安心させるように、撫でてやる。

「母さん……恭一のお母さん、海外出張なの？」

「そう。一ヶ月くらいだって。恭一くん、ご飯ちゃんとしてるのか心配だわ」

台所のほうに戻る母の横をすり抜け、涼太は靴をひっかけるようにして履いた。

「俺、ちょっと行ってくる。すぐ戻るから」

どこに、と母が振り返ったが、涼太は急いで外へ走り出た。街は薄闇の中に沈み、どこからか、犬の鳴く声が聞こえてくる。少し走ると、日が落ちて暗くなった道路の向こうに、恭一の背中が見えた。広い背中。不意に涼太は、胸が詰まるような気がした。

（俺……なんで本気で、恭一から離れられないんだろ……）

幼なじみで、一緒にいるのがあまりに普通になって、離れる理由がないから？　けれど高校で陸上部を辞めてから、涼太は少しずつ恭一と距離を取ろうとしてきた。一緒にいるのが、辛《つら》くなったからだ。

部活を辞めて、登下校を一緒にしなくなった。前みたいに自分から寄ってもいかない。そんな涼太の態度の変化に気づいているだろうに、恭一は以前と変わらない。例えば昼食を当然のように一緒にとろうとしてきたり、時々は涼太の家に寄ったり。それから、今のように涼太が怪我してからは、送り迎えをするし心配もする。けれどその理由が涼太には分からない。

（……俺のこと、好きなわけじゃないんだろ？　ただ、幼なじみってだけだからだろ？）

昔みたいに頑張れなくなった自分に、恭一はきっと呆れている。一緒にいればいるほど、そう思えていやなのに、結局離れきれない。中途半端なのは自分の性格だけではなく、恭一との関係もそうだ。

後ろからそっと並ぶと、少しだけ驚いたように、恭一が涼太を振り向いた。

「……メシくらい、食ってけよ。今日、カレーだよ」

涼太はしばらく迷った後、やっと言いたいことを言った。

（おばさんいないんじゃ、淋しいだろ？　お前、家に一人ぼっちじゃん……）

中学生の頃なら、ここまで口にしていた。恭一は物心つく前に両親が離婚し、母親と二人暮らしだ。離婚時の財産分与でもらった家に母子二人で住まい、母親のほうは大企業で出世し、一年の半分は海外を飛び回っている。小学生から父親が単身赴任で家に不在の涼太は、そのことを知った時、

（父さん一人いなくても淋しいのに、家に一人ぼっちはもっと淋しいんじゃないかなあ）

と単純に思って、母親が出張と聞くとなんとなく恭一を家に帰すのが辛くなる。

（淋しいって言われたことなんか、一度もないのにな――……）

淋しいと言われたことも……頼られたことも一度もない。母親が海外出張に行っていること

さえ、恭一は涼太に話そうとしない。

　本当は、涼太がそれを淋しがっているのだ。

「昔から……涼太は、そういうところ変わらないな」

　ふと、恭一は口の端だけで微笑んできた。その笑みが優しく、涼太の心臓が跳ねる。

　もともと涼太が恭一と仲良くなったのは、小学校二年生の時の運動会で、一緒にお弁当を食べようと誘ってからだ。母親が仕事で来られなくなったという恭一は、教室で一人ぼっちでお弁当を食べていて、偶然それを見つけた涼太が、

「淋しいじゃん。俺と一緒に食べよ」

　と引っ張っていった。それ以来、涼太は恭一にまとわりつくようになった。恭一は多分そのことを言っているのだろう。あんなことを覚えてくれていたのかと思うとなんとなく照れる。

　その時、頭の奥がずきりと鈍く痛んだ。

「あ……痛」

　涼太が額を押さえた瞬間、恭一が手を伸ばして涼太の頭を撫でてくれた。

「大丈夫か？　頭痛がするのか？」

　恭一の撫で方が優しい。守るような庇《かば》うような手つきに、涼太は戸惑った。

「へ……っ、平気。平気。ちょっと痛かっただけ」

「事故の後遺症で、なにがあるか分からないから、心配なんだ」

そう言われ、涼太はこくりと息を呑んだ。

(こんなこと言うようなやつじゃなかったくせに……どうしたんだよ)

落下事故に遭う前、記憶にある以前から恭一は冷たかったわけではない。けれどこんなふうに、言葉や態度で心配を示す男ではなかったから、びっくりした。

「——お前、最近ずっと具合悪そうだろう。もしかして、なにか思い出したのか?」

ふと、恭一が潜めた声で訊いてきた。家族以外で恭一だけは、涼太の記憶喪失を知っている。一瞬話してしまおうか、という気持ちがよぎった。けれどやっぱり、言えなかった。

(言えない。男に強姦されてたなんて、言えるかよ)

恭一が自分を心配してくれるのは、多分、ただ幼なじみだというだけだ。それなのにそんなことを打ち明ければ、きっと取り返しがつかないほど軽蔑《けいべつ》されるだろう。

(これ以上、ダメな俺を知られたくない——)

「記憶なんか、無理に戻さなくていい。戻さなくても、涼太は涼太だ」

ふと、恭一が言った。気がつくと恭一は踵《きびす》を返し「ここまででいい」と、去っていく。

恭一の言葉は、どういう意味なのだろう。

(……俺、男に犯されてたんだ。もう全然、お前の好きだった俺じゃないんだよ……)

涼太はしばらくの間その場に立ち尽くし、薄闇の中へ消えていく恭一の背中を見送っていた。

三

その日の夜もまた、涼太《りょうた》は『あの夢』を見た。男に犯され、喘がされる夢である。

「今年の文化祭は十一月の十日に開きます。今日から数えて、約一ヶ月と十日の準備期間になります。臨時委員の皆さんも、当日まで全《すべ》ての会議参加が原則です」

十月一日の放課後、F棟の四階にある会議室には生徒会の常駐役員と、涼太のような文化祭準備にだけ参加する臨時委員、あわせて四十名が集まり、十一月に開かれる文化祭について話し合っていた。淡々とした様子で進行するのは、副会長の恭一だ。

文化祭は毎年開かれる年中行事のクライマックスでもある。各クラス、部活の出し物を生徒会でとりまとめ、また交流のある他校や地域にも宣伝し、来校を呼びかける。開催日もさることながら、準備までの一ヶ月は地獄の忙しさになる――と聞く。そのためだけに、五月から臨時委員を募り、少しずつ準備と心構えをさせられてきたほどだ。

とはいえ、涼太はべつの心配ばかりしていた。また、『あの夢』を思い出していたのだ。

(俺が強姦されてたの、生徒会室だったんだよな……)

あの夢で得られる、数少ない情報の一つがそれだった。とはいえ覚えている風景からすると、その場所は今いる会議室ではなく隣の役員室だろう。夢の中に出てくる生徒会長の机は、そちらにあるからだ。

会議室は二つの教室の真ん中の壁をぶちぬいてつなげた作りで、教卓の横に会長と副会長、書記長と会計長の座る席があり、その他はずらりと机が並べられている。隣の役員室はこの会議室よりは手狭で、会長机の他に役員用の机が三台と作業机が三台、ソファセットとローテーブルが置かれ、壁際にはコピー機やファックス機などの機器類が一通りそろっている。

（でも……相手がこの中にいる可能性はある、よな？）

集まった役員を見回し、涼太はごくりと息を呑んだ。生徒会室で押し倒してきたのだから、『夢の男』は生徒会役員か臨時委員ではないか？　そして青いネクタイをしていたのだから、三年生だ。帰宅部の涼太が三年生と接点があるとするなら、せいぜいがここくらいだ。

（生徒会関係者で、三年生で、体のでかい男。これがあの『夢の男』の条件だ……）

そう思うと、とても会議の内容なんて頭に入ってこない。

（三年の男は、椎名《しいな》さん、横山《よこやま》さん、大橋《おおはし》さん、川崎《かわさき》さん。他はみんな女の人……）

涼太はあの男と同じような体格の持ち主をこっそりと捜していた。

（書記の椎名さんは、細いし小さい。横山さんは太りすぎだし……大橋さんは俺と背丈も肩幅も変わらない。川崎さんは……まあ大きいけど）

しかし川崎は野球部だ。涼太が男に抱かれていたらしい夏には、部活の練習が忙しくて生徒会にはあまり来られないだろう。結局、この中に犯人だと確証の持てる相手はいない。

「副会長、それより会長はどうしたの？　来てないみたいだけど……」

ふとその時、書記の椎名が恭一に質問した。椎名は小柄でほっそりし、可愛らしい容姿をしている。涼太は彼を真っ先に『夢の男』候補からはずしていた。

「運動部のクラブハウスにプリント配布に行ってもらいました。戻ってきませんから、待っても仕方ないので進めましょう」

椎名の質問に、恭一が淡々と答えた。

「なんか二宮《にのみや》くんが会長みたい。北川《きたがわ》さん、お飾り会長って呼ばれてるらしいよ」

「とっつきにくいけど、二宮くん、やっぱりかっこいいよねえ」

涼太の横に座っている臨時委員の女子二人が、小声でうっとりと話しあっている。

恭一の横が生徒会長である北川和馬《かずま》の席だが、今は空いている。とはいえ北川が会議をサボることは珍しくないからか、質問した椎名もそれ以上は追及しないようだった。

恭一の無駄のない進行で会議はテンポ良く進み、作業分担が振り分けられていった。

「臨時委員の皆さんは、各自希望する係の常駐役員のところへ移動してください」

恭一の言葉に、涼太はどうしようかなと考えていると、周りに座っている臨時委員はみんなさっさと希望する係の担当役員のところへ移っていった。

（あ、俺、もしかして一人ぼっち？）

　気がつけば、涼太以外はみんな顔見知りがいるようだった。それもそのはず、臨時委員に入っている他のメンバーはみなそれなりに意図があって入会したらしい。意外なことに、帰宅部員だけではなく中には部活と掛け持ちしている生徒もおり、彼らは当然顔見知りのようだ。普段から特定の友人を持たない涼太は、同学年の臨時委員の中にも口をきいたことのある生徒がいない。

「去年見てて、舞台管理やりたかったんだよね」

「じゃあ俺設営入るから、一緒に舞台組行こうよ」

　あちこちからあがる声を聞いていると、これといって希望がないのは涼太だけのようだった。その状況に、涼太は妙な疎外感を感じた。

「水沢《みずさわ》、希望ある？　早めに言ったほうがいいよ」

　一人でぽつんとしていた涼太に、椎名が話しかけてきてくれた。

「あ、でも俺、特に希望がないので余ったので……」

「じゃあ、毎年美化が決まらないからやってもらおうかな、ほら、当日の清掃業務とゴミ箱とかの資材設置の係なんだけど、結構重要な仕事でさ」

　いかにも人気のなさそうな仕事だが、涼太は嫌だとは思わなかった。

「いいですよ。俺で役に立てるならなんでもします」

「本当？　水沢、いいやつだねえ。助かるよ」

椎名が明るい声をあげ、涼太も珍しく褒《ほ》められて嬉しくなった。と、恭一が「椎名さん、涼太には俺の補佐をやらせます」と割り込んできた。

「涼太は手の怪我が完治してないので、力仕事は向きませんから」

「あ、そっか。そういえばそうだったね」

（え……）

涼太は戸惑った。恭一はちらりとも涼太を見ず、淡々とした様子で勝手に決めてしまった。それに、妙な違和感を感じる。こんなに強引な男だっただろうか？

「あの、俺、できます。手も使ったほうがリハビリになるし、やりたい人がいないなら」

「いえ、涼太には俺の補佐をしてもらいます」

しかし恭一は、涼太の言葉に被せるようにきっぱりと言ってきた。

「美化はひとまず役員だけで回します。当日はどうせ手が足りませんから、毎年他の係にも手伝ってもらっていますよね。涼太の怪我がその時完治していたら手伝ってもらえばいいことです。わざわざ、不安要素のある怪我人をその役目につけるのはどうかと思います」

普段無口な恭一がずらずらと言葉を並べ立てたので、椎名も絶句したようだった。

「ま、それもそうだね。じゃあ水沢は、二宮を手伝ってあげて」

涼太はなかばぽかんと口を開けて、恭一の顔を凝視した。

（なに？　……なんでそこまでして？）

長い付き合いになるが、これほど強引な恭一は見たことがなく戸惑う。恭一は涼太のすぐ隣に座ると、声を落として、「お前、昨日倒れたところだろう」と言ってきた。

「いつ具合が悪くなるか分からないのに、一人抜けたら困るような仕事はさせられない」

（それって、どういう意味だよ……）

善意にとるなら、心配してくれている、ということだ。けれど涼太は胸の奥がもやもやとするのを感じた。

（……俺なんか、いてもいなくても役に立たないってこと？）

美化をやります、と言った時、椎名が褒めてくれたので涼太も嬉しかった。褒められて嬉しかったというより、この中で自分でも役立てることがあるのかも、と思ったのだ。

ふと、昔なら、と思ってしまった。副部長をやっていたような昔なら、恭一はもっと自分を信頼し難しい仕事も任せてくれたのではないかと。

恭一はこれ以上話し合うことはないように立ち上がり、役員たちに号令をかけている。

「分担が決まったら、各係の担当役員を中心に、打ち合わせに入ってください」

優等生が大半のメンバーは、みんな言われたとおりに動き出す。

「涼太は、椎名さんが割り当て表を書き終えたらそれをもらって、生徒会顧問の井上《いのうえ》先生に提出してきてくれ。それまでは待機でいい」

（ああそう。そういうのが俺の仕事なんだ。誰でもできる雑用ね……）

面白くない気持ちでいっぱいになったが、文句を言って自分の意見を押し通すほど、やりたいことがあるわけでもない。恭一の言うことが正しいとも思う。涼太は椎名からプリントをもらうまでの間、一人悶々としながら待っていた。

生徒会役員室のあるF棟と、職員室のあるC棟は少し離れている。

生徒会の顧問である井上に言われたとおりプリントを提出した涼太は、グラウンドを左手に見ながらピロティの下を抜けたところだった。なんとなく急いで戻る気にはなれず、涼太はふと足を止めた。

黄昏《たそがれ》間近のまばゆい陽光に照らされて、グラウンドが金色に染まっている。その中を、陸上部が練習しているのが見えた。一列に並べたハードルを跳んでいる、真鍋《まなべ》の姿もある。

（あいつ、中学の時より断然上手《うま》くなってる……）

真鍋は小柄で、中学の時は涼太と同じくなかなか選手になれなかった。けれど今こうして遠くから見ていると、以前よりずっとフォームが完成されている。じっとゴールを見つめる真鍋の横顔は、真剣そのものだった。涼太の脳裏には、八百メートルのスタートラインに立つ恭一の横顔がよぎっていた。

(昔、一緒に走ってる時、ふと隣を見たら……いつも恭一は、ナイフみたいに鋭い顔してて)

その眼差しの強さに、尊敬もしたし、憧《あこが》れもしたのだと、涼太は思い出した。

無意識に、ため息をついていた。置いてけぼりを食らったような気持ち。生徒会の委員でさえ、みんななにか希望があって入ってきていた。

昔は、自分も目標があった。頑張ることが、楽しかったはずなのに……。

もう一度ため息をついた時、グラウンドのほうから「涼太ー」と呼ばれた。見ると、練習を中断したらしい真鍋が涼太のいるピロティに向かって駆けてくるところだった。低い階段を上がると、真鍋は屈託のないきらきらした笑顔で「練習見に来たの？」と訊いてくる。涼太は思わず、苦笑した。

「……違うよ。生徒会の委員で、届け物しに来ただけ」

「なんだ。でも急いでないなら、見てけよ。なんなら、ちょっと走っていけば？」

真鍋は本心から誘ってくれている。涼太にはそれがよく分かったが、もちろんそう言われてもただ気まずさが募るだけだった。

「おい、真鍋。今日も副部長は来てないのか？」

その時、職員室のほうから陸上部顧問の長野《ながの》が歩いてきて真鍋が振り返った。大柄で、眼鏡《めがね》をかけた長野は比較的部活動の指導に熱心な教師だが、生徒からの評判はあまりよくない。その長野は涼太に眼を止めると、「お前、一年で辞めたやつだったな」と言ってきた。

「今、もう一度勧誘してるんですよ。涼太、中学の頃は俺よりいい成績出してたんです」

真鍋の言葉に、長野が小さく鼻で嗤《わら》った。

「一年の最初で練習ついてこれなかった根性なしが、今さら戻ってこられるか」

真鍋がムッと眉を寄せ、涼太は、頭の奥が冷たくなるのを感じた。長野がこういう教師だとは以前から知っていたが、面と向かって言われるときつかった。

「そんなことないですよ。涼太はいい選手だったんですから」

「お前な、真鍋。自分の個人成績をあげてから大口を叩け」

涼太はこれ以上聞いていられなくなった。自分のことはまだいいが、真鍋のことまで自分のせいで悪く言われるのはいやだ。

「真鍋、俺行くよ。生徒会、まだ終わってないし」

長野を無視して立ち去ろうとすると、その態度が気に入らなかったらしい。長野はフン、と口の端で厭味《いやみ》に嗤った。

「ほらみろ。尻尾《しっぽ》巻いて逃げて、根性なしじゃないか。そんなんで生徒会やってるのか？」

さすがに、これには我慢ができなかった。腹の奥にカッと火が点いたように熱くなり、思わず長野に食ってかかろうとしたその時だった。

「オレんとこの後輩、いじめないでくださいよ。先生」

いきなり、背中から腕をかけられ、薄い胸をぐっと押さえられて、涼太はハッとなった。長野が「北川か」と顔をしかめる。

顔を上げると、頭上に生徒会長の北川和馬の顔があった。北川は恭一と同じくらい背が高く、身幅もあり、男っぽい体軀《たいく》をしている。明るめの髪に色白の肌、顔の作りは日本人離れして彫りが深く、垂れがちの眼は甘やかで、細身の眼鏡をかけ、肉厚の唇をしている。明るく陽気な雰囲気は、同じ男前でもどこか古風で沈着に見える恭一と違い、パッと華やいで見える。

北川は涼太の細い体を後ろからぐっと押さえこむように抱きしめてきた。涼太はその時になって、心臓が激しく鳴り、右手首が、じんじんと痛んでいるのに気がついた。あまりに強く拳《こぶし》を握っていたので、折ったところに響いたのだろう。

「そういうデリカシーのない人権無視の発言ばっかするから、生徒の人気ないんですよ、先生」

涼太の耳元で、北川がさらりとすごいことを言う。不意に長野が顔をまっ赤にし、真鍋がぷっと噴き出した。

「生意気言うな、お前こそ生徒会が忙しい時期になにしてる。職員室で、お前がなんて言われてるか知ってるのか」

長野が言うと、北川は、にっこりと微笑んだ。

「はーい、お飾り生徒会長の北川でしょ？　知ってますよお、だってそうだもん」

「お前が二宮に面倒かけるから、陸上部は困ってるんだぞ」

動じない北川が面白くないのか、長野はますます声を荒げた。

「おかげで二宮はろくすっぽ練習もしてないんだ。唯一全国狙《ねら》える生徒なんだ、あれは」

「わっ、先生って野心家なんですねえ。全国狙える生徒は欲しいけど、それ以外の部員は要らないってやつ？　それってなんで？　自分の評価のためですかー？」

一瞬、長野は怒りのせいか言葉をなくした。

「あ、すいません。そんなわけないですよね。先生は陸上部のことを誰よりも思ってらっしゃる、えらい先生ですもんね」

と言いながら、北川が真鍋に向かってここから立ち去るように手を動かした。

「部長さん、さっき持って行った生徒会のお知らせ、今すぐ見ておいてくれる？」

「はあい。じゃあな、涼太！」

これ以上この場にいたくないようだった真鍋は、半分笑いながらピロティを去り、北川はぐいっと涼太の左手を掴んで引っ張ってきた。

「ほら、オレたちも急ぎの会議。あ、先生、さっき職員室で教頭先生が捜してましたよ」

長野は怒鳴りかけたが、教頭の名前にうろたえて、一瞬どうすべきか迷ったようだ。北川はその隙をつくように、涼太を連れて中庭まで走りだした。中庭へ着くと、

「見た？　さっきの長野。教頭って言われたら弱いの、あいつ。小者だよねー」

北川は弾《はじ》かれたように笑いだしたが、涼太は言葉も出ず呆然と北川を見つめていた。

「北川さん、あ、あんなこと言っていいんですか？　教頭が呼んでたって、本当に？」

「え？　嘘に決まってるでしょ。まあ大丈夫じゃない？　あいつがオレにやれることなんて想定内だもん。陸上部の部長さんは八つ当たりされないか心配だけど、彼、いい意味で鈍感そうだからべつに平気かなって」

（こ、この人すごい……）

涼太はごくりと息を呑んだ。大胆な振る舞いに、呆れさえ感じる。しかし笑いをおさめた北川が「大丈夫？」と訊いてきて、涼太はやっと助けられたと気がついた。

「あ、ありがとうございました」

「ダメだよ、あんまり強く握りしめちゃ。こないだ折ったばかりでしょ」

北川はごく自然な動きで涼太の右手をとると、そっと手首を撫でてきた。涼太は驚いて、手を引っ込めた。心臓がばくばくと鳴っている。北川はにっこりし、「よかった、水沢に怪我がなくて」と首を傾げてくる。

（……この人、こんなに簡単に、誰にでも触ってくる人なのかな？）

記憶を探ってみたが、涼太には三ヶ月分の欠落がある。よく分からなかった。以前の涼太は臨時委員になり、多少この北川と接点があったようだ。けれどどんな付き合いだったのかはよく分からない。生徒会で顔を合わせると、北川が二言三言話しかけてくることはある。それで誰も不審がっていないので、以前も挨拶《あいさつ》程度の雑談をする仲だったのだろう。

「……すごいですね。北川さん、長野先生にあんないやなこと言われてもびくともしないから。俺は、むかついちゃって……」

「ああ、お飾り生徒会長ーってやつ?」

本当のことだしね、と北川が笑った。

涼太の通う陵明高校では、二学期の期末テストで首席をとった二年生が生徒会長に、一年生が副会長に選ばれるというシステムになっている。つまり、毎年の生徒会長が必ずしも大勢から支持されて長になるというわけではない。

「すっかり忘れてたんだよね、テストの成績がいいと会長になるっていうこと。なりたくないやつらは適当に点数落としてたみたい。オレと二宮じゃ水と油だよ」

「お飾り会長なんて言われても、腹立たないんですか……」

思わず言ってしまってから、涼太は失礼だったかと口をつぐんだ。けれどあっけらかんとしている北川が不思議だったのだ。自分なら、恭一と比べられてそんなふうに言われることには耐えられそうにない、と思うからだ。

(ダメだって思われたくなくて……俺は離れようとしてるのに)

根性なし、という長野の言葉が胸の奥に蘇《よみがえ》る。いやな教師だが、あの言葉は当たっている、と思ってしまう。しかし北川は、涼太の質問自体がおかしいというように笑っている。

「誰かがオレにダメ出ししたからって、オレの価値そのものは変わらない。……水沢だってそうだよ。長野になに言われたって、気にしないでほしいな」

北川はふと優しい声で膝《ひざ》を屈《かが》め、涼太の顔を覗き込んできた。

「……遠くから見てたら辛そうな顔してたから、驚いて、飛んできたんだよ」

息がかかるほど間近でそっと言われ、涼太は体を固くした。北川は、涼太より一回り大きい。近づくと、男っぽい厚みのある体を感じる。

（この人が……あの『夢の男』だったりして？）

北川は体が大きく、三年生で青いネクタイをしている。

（……その可能性は高い）

涼太は以前から、北川を疑っていた。『男』の条件に一番近いのが北川なのだ。

「で、水沢は生徒会室から抜けてこんなとこでなにしてたの？」

首を傾げられ、涼太は今日の会議内容と自分の仕事を伝えた。

「二宮の補佐ぁ？　なんで水沢がそんなのやるの？」

呆れたような北川に、やっぱり要らないのか、と思うと涼太は気持ちが沈んだ。

「二宮も面倒な男だね。一緒に仕事したいなら、他にやり方があるじゃないね？」

「え？　いえ、俺があんま役に立たないからそうしたんだと思いますけど……」

具合が悪くていつ倒れるか分からない、と言われたことは伏せた。病弱というわけでもないのに、倒れたりしている最近の自分が情けなかったからだ。

「水沢は役に立つよ。仕事は丁寧だし、字もきれいだし、面倒見がよくて優しいし」

「そう……ですか?」

それはよく、涼太が真鍋に褒められるところだ。しかし自分とあまり接点のなさそうだった北川が、そう思っていてくれたことに驚いて、涼太は眼をしばたたかせた。

(俺、記憶がない時期、この人と意外に仲良かったのかな)

「それに、色っぽいしね」

にっこり微笑まれ、涼太は眼を丸めた。色っぽい。言われたことのない単語だ。照れるより驚きが勝って反応できずにいると、北川は急に立ち止まり、「あー、ほら見て、水沢。あそこ」と、中庭の真ん中に生えている一メートルほどの低木を指さした。その木には、小さな花が房状に咲いている。

「フジウツギだよ。よく見て、マルハナバチが来てるんだ」

うきうきした様子で北川が言うので、涼太は眼をこらした。よく見ると、まん丸いフォルムのハチが、小花の一つに頭を突っ込んでいるところだった。

「日が落ちちゃうからもういないかと思った。よく見てて、あの房状の小花の一つ一つに、頭を突っ込んで吸蜜《きゅうみつ》していくから」

言われて見ていると、マルハナバチは房状になった小花を一つ一つ、順繰りに巡って、吸蜜しているようだった。そのせわしない様子が、一生懸命でどこか可愛い。

「可愛いだろ？」

「……ほんとだ、可愛いですね」

自分のペットを自慢するような北川の態度が小さな子どものようで、涼太はくすっと笑ってしまった。北川はやっぱりちょっと変わっているらしいけれど、いやな変わり方ではないと思った。

「水沢も、笑ってたほうが可愛いよ」

優しく微笑みかけられ、涼太はドキリとした。

「水沢の色っぽさって、こう、一人で思い悩んでるところからきてると思うけど」

北川はまたよく分からないことを言いながら、涼太を見つめてくる。

「ハチだって蜜もらうかわりに受粉手伝うわけ。世の中適材適所なの。水沢だって、意味があって生徒会にいるんだから」

どうしてこの人は、自分がそういうことで落ち込んでいると分かったのだろう。涼太は驚き、眼をしばたいた。

「こんなお飾り会長のオレだって、いる意味あるんだよ。なんだと思う？」

「……え？」

涼太が答えに困っていると、北川は眼を細め、

「水沢を慰めるため」

と言って、涼太の前髪をそっと指で撫でてきた。垂れがちの北川の眼が、じっと涼太を見つめてくる。夕照りが映り、その瞳はきらきらと光っていた。涼太は息を呑み、顔を背けた。どうしてか、急に心臓がドキドキと鳴りだす。

「そ、そういうことは女の子口説く時に言うものですよ」

「口説いてるんだけどね」

たじろいで冗談に紛らわせた涼太に、北川が苦笑した。今度こそ返す言葉を失って黙り込むと、「すごい夕焼けだね、明日は嵐かな……」と、北川はなんでもないようにたった今の会話を流してしまった。

つられて見ると、西空はまっ赤に染まり、まるで燃えているようだった。そういえば朝のニュースで、台風情報をやっていたのを思い出す。

刹那、北川の胸元で金のバッジが夕焼けに反射し、まぶしいほどきらきらと光って、涼太の眼に映った。

「……北川さんのバッジ、それ……壊れてるんですか？」

涼太は今さら、気がついた。丸い金バッジは生徒会長だけがつけているものだ。北川のそのバッジは、端っこが割れたように欠けていた。

「ああ、これ？　落としたみたいなんだ。誰かが、投げたとかなんとか……」

そう言って、北川が欠けた部分を爪で撫でた。カチ、と音がする。その音に、涼太は記憶を呼び覚まされる——突然、頭の奥が冴えてくる。瞼の裏に、毎晩見るあの悪夢が蘇ってきた。生徒会室の床に押し倒された涼太は、男の胸からなにか小さな、金属のものをもぎとって投げたはずだ。部屋の隅にぶつかり、それはカチッと割れたような音をたてた……あれは、このバッジではないのか？

（……どうして今まで、そのことに気づかなかったんだろ？）

涼太はごくりと息を飲み下した。舌が渇き、血の気が引いていくような感覚。

「北川さん、こんなところでなにしてるんですか」

その時、外廊下のほうから足早に近づいてくる影があった。恭一だった。

「なにって。二宮が、クラブハウスに行けって言ったんじゃない」

北川がそう言うと、恭一はなぜか一瞬怖い顔をした。

「クラブハウスは反対側でしょう。涼太、遅いからどうしたのかと思った。心配した」

恭一が北川の横をすり抜け、まるで北川のそばから引き離すように涼太の腕を引き寄せてきたので、涼太は眼を瞠った。

「オレのことは心配してくれなかったわけね、二宮は」

「どうせいつもの道草でしょう。さっさと戻ってください。椎名さんが怒ってますよ」

「ははあ。あんな量のプリント一人で配らせておいて。ずいぶん都合よく役割分担したらしいじゃない」

「そんな大した量でしたか？」

恭一の声はとげとげしい。北川が口の端だけで笑い、「今日は折れてあげる」と、意味深に言って、踵を返した。北川と恭一の間に険悪な空気が満ちているのに、涼太は息を呑んだ。こんな場面は、少なくとも記憶する限り見たことがなかった。

「な、なに？　北川さんとお前、仲悪いの？」

訊くと、恭一は眉を寄せて押し黙った。その質問には答えようとせず、ただ、

「北川さんにはあんまり近づくな」

と言ってくる。不機嫌な声に、涼太はわけが分からなくなった。

「な、なんで？　あの人、そんな悪い人じゃないよ。……多分」

「お前が思ってるほどいい人でもない」

その言い方に、恭一らしくない、と涼太は思った。

（人の悪口なんか、あんまり言わないのに）

恭一は、北川のことが嫌いなのだろうか。後ろからついていきながら、涼太の気持ちは半分ここにあらずだった。もしかして、本当にもしかするとだが——。

（俺を抱いていたのは、北川さんかもしれない……？）

四

「え、お前と北川《きたがわ》会長が前に仲良かったか？　なんで？」

　生徒会で役割分担があった翌日の昼休み、涼太《りょうた》は真鍋《まなべ》を捕まえて一緒に昼食をとっていた。

その日は空の色が妙に赤く、遠くのほうでうなるような風の音が続いていた。朝のニュースでは、夕方から夜にかけて大型の台風が関東《かんとう》に上陸すると報道しており、女子生徒はスカートがめくれあがると不平を言っていた。

　中庭の真ん中に出ると風が強いので、涼太は真鍋と二人、外廊下の屋根の下に置かれたベンチに腰掛けていた。そこだと大きな樹木の陰になり、あまり風が吹き込んでこない。涼太が久しぶりに一緒に食べようと誘ったのが嬉《うれ》しかったらしく、真鍋は饒舌《じょうぜつ》だった。くだらない話を散々したあと、涼太は折を見て北川のことを訊《き》いてみた。

「えっと……なんか俺、事故のせいで微妙に前のこと忘れてでさ、あっ、全部じゃないぞ？ほとんど覚えてるんだけど、北川さんのことはあんまり記憶になくて……」

「ええっ、軽い記憶喪失ってやつなの？　大丈夫か、涼太」

真鍋が心配そうに声をあげたので、涼太は慌てて「誰にも言わないでな」とつけ足す。

「本当に深刻なやつじゃないんだよ、心配かけたくないからさ、あ、恭一《きよういち》にもな」

「涼太がそう言うなら言わないよ」

真鍋がどん、と小さな胸を叩《たた》いたので、涼太はホッとした。

「北川さんかあ……」

「そういえば、お前と北川さんが、中庭で一緒にいるの何回か見た。後で訊いたら、虫とか見てたって言ってたよ」

「へえ……」

どうやら、この間のようなことを前もしていたらしい。たまたま中庭で互いに通りかかって、そうしたのかもなと思う。しかしそれだけでは親しかったかどうか分からない。

「そんなに一緒にいなかったから、あんまり記憶にないいんじゃない?」

真鍋がそう言い、あとはまたべつの話題に移ってしまった。そうだろうか、と涼太も思う。北川と自分は、やはり生徒会でたまに顔を合わせる知り合い程度だったのか。

ふとその時、通りかかった陸上部のマネージャーが真鍋に話しかけてきた。

「真鍋くん。ちょうど良かった、今日、台風が来るから部活は緊急で休みになったって」

同学年だが、涼太が部活を辞めた後にマネージャーになったらしく、顔は知っているが口はきいたことがない。なので涼太はあさってのほうを向いていた。すると突然、「あのう、水沢《みずさわ》くん」と声をかけられ、涼太はびっくりして顔をあげた。

「は、はい。なに？」

知らない女子に声をかけられることは少ないので、涼太はそれなりに緊張した。マネージャーの子は少し困ったような顔で、もじもじしている。

「あの……実は前から言いたかったんだけど、朝ね、水沢くん、一人で学校来られない？」

あまりに突拍子のない話に、涼太は一瞬わけが分からず眼をしばたいた。だから彼女に「二宮《にのみや》くんが、水沢くんの送り迎えしてるじゃない」と続けられて、ハッとなった。

「二宮くん、夕方は生徒会だし。昼間に自主練習なんて、かわいそうで。もう少し考えてあげてほしいなって……」

「それなら前に、恭一から大丈夫って言われてたろー？」

真鍋が慌てたように口を挟《はさ》んだけれど、彼女はひかなかった。

「……だって、二宮くんに訊いたんだもん、どうしてそこまでするのって。そしたら、幼なじみだから仕方ないって、そんなものだって……。だから水沢くんから言ってくれたら安心するでしょ。ね、お願いします」

小さな頭をぺこりと下げて、彼女は行ってしまった。けれど涼太の胸には、彼女の言葉が矢のように刺さってきた。

――幼なじみだから仕方ないって。

(恭一が、そう言ったのか……)

そんなことは、言われなくても分かっている。それなのにひどくショックを受けている自分を感じた。分かっている、という気持ちとは裏腹に、落胆している自分がいる。

(べつに、それ以上の理由なんて期待してない。……俺だって、俺なんかのために無理させたいわけじゃないし……)

させていい理由もない。ただ幼なじみというだけで、恭一は涼太が来なくていいと言ってもやって来る。それを申し訳ないと思うし、感謝もしている。同時に、もう、放っておけばいいだろ、とも思う。

(仕方ないって言うくらいなら、優しくなんかされたくない……)

ひねくれた気持ちが、ふつふつとわいてきた。

「ごめんな、涼太。あいつ悪い子じゃないんだけど、恭一のこと好きみたいなんだ」

隣で真鍋が弁解する。「恭一が好き」、そう聞いたとたん、涼太は胸の奥がもやもやとするのを感じた。それはつい先日、下駄箱のところで恭一を待ち伏せしていた女の子を見た時に感じた苛立《いらだ》ちとよく似ている。

「そうなんだ。……恭一とあの子は、仲いいの?」

「そうでもないよ。だって恭一ってあの性格じゃん。だけどさ、女子ってああいう無口なところがストイックで素敵ーってなるだろ」

「……それで好きだなんてさ、どうせ見てくれだけなんだろ」

気がつくと、涼太はきつい口調になっていた。真鍋がぽかんとし、涼太はハッとなった。そして次の瞬間、自分のその言葉にゾッとした。

(俺、なに言ってんの？　なんでそんなひどいこと言えるんだよ……)

涼太は妹がいるせいもあって、女の子に対しては甘い方だ。それなのにこんなきついことを平気で口にした自分に、自己嫌悪がわいてくる。

「その、ほら、知って付き合ってみて傷ついたらかわいそうだし……」

慌てて心にもないフォローをすると、素直な真鍋は「そうだよなあ」と同意してくれた。

「そういえばさあ、恭一って中学の時好きな子いたって噂《うわさ》、聞いたことあったんだけど……あれって誰だったんだろ？」

ふと思い出したように真鍋が言ってきて、涼太は息を詰めた。脳裏をかすめたのは、修学旅行からの帰りの新幹線、二人きりのデッキで言われた「好きだ」の一言だった。けれど……あれは違う。

(あれは……恋愛感情とは、きっと違ってたんだ)

「恭一の好みなんて、全然想像つかねえや。な？」

真鍋がおかしげに肩を竦《すく》め、涼太も一緒になって笑ったけれど、食欲は失せ、知らずため息が出た。恭一のためと素直に信じ、素直に好意を表せる、今の彼女が羨《うらや》ましいと、ほんの少しだけ思った。

その日の放課後は、台風が近づいているのを理由に生徒会も急遽《きゅうきょ》休みになった。しかし涼太の携帯電話には、恭一からメールが入ってきた。

『部活もないから一緒に帰ろう。迎えに行くから教室で待ってろ』

返信は打たず、けれど勝手に帰ることもできず、涼太はＨＲが終わってもため息をついて自席に座っていた。

そうすると昼間、陸上部のマネージャーから聞いた言葉が浮かんでくる。

――幼なじみだから仕方ないって。

やがて迎えに来た恭一とバスに乗って二人の住まう町内へと着く頃には、いつもより早く日が暮れていた。しかし台風の近づく空は怪しく明るんでいて、まっ暗というわけではない。時々、雲の向こうから雷がごろごろと鳴っているのが聞こえてくる。

「……あのさ、この送り迎えのことなんだけど、明日からはもういいよ」

家が近づいた頃、涼太は恭一に切り出した。恭一は不思議そうに「なんで？」と訊いてきた。昼間陸上部のマネージャーに言われたとは言えず、涼太は「もう怪我《けが》も平気だし」と答える。

「お前、朝練もあるんだろ。俺なんかにかまってる暇ないじゃん」

「しばらく大会はないし、手の怪我が完治する間くらい平気だ。おばさんにも言われてる」

自分でもういいと言っておきながら、母親に言われたからだろ、と思うと苛立った。

「……母さんには俺から言っておくし」

「そんなに俺といたくないのか？」

ふと眉間《みけん》を曇らせて、恭一が言った。それはこっちのセリフだ、と涼太は思った。

（お前だってべつに、俺といたくているんじゃないんだろ？）

仕方ないからいるだけだろうと思うと、涼太の胸はちくりと痛んだ。

「ていうかさ……、大会ないって言っても、鈍ったら困るだろ」

「そんなに簡単に鈍るか。もう二年も高校の練習をやってきてる」

——お前と違って。そう言われたわけではないのに、涼太は自分の頭の中で、ついその言葉をつけ足してしまった。

「もう、いいって言ってるんだろ。……もう、いいって！」

気がつくと、立ち止まって大きな声を出していた。突然頭に血が上り、カッとなった。

「なんだよ！　もう中学の頃と違うんだから、かまう必要ないだろ！　俺はもう陸上部も辞めてるし、俺は……」

（ダメになったから……）

突然、涼太はそんな自分を意識した。数日前長野《ながの》に言われた根性なし、という言葉さえ、今になってがつんと脳裏に浮かんできた。恭一は、なぜそんな自分と一緒にいようとするのだろう。涼太はその理由を知っている。幼なじみだからだ。

「お前が俺にかまうのなんか、ただ幼なじみってだけだろ……っ」

「涼太」

怒鳴る涼太を落ち着かせようというように、恭一が低く静かな声を出す。

「お前……どうしたんだ。最近、なにそんなに苛立ってるんだ?」

恭一が眼を細め、眉《まゆ》を寄せて訊いてくる。涼太はぎくりとした。

「一緒にいるのが自然だから、一緒にいるんだろ? 理由なんか要るのか?」

「……自然って、なに」

「幼なじみだろ?」

言われた言葉が、胸に刺さった。それなら、それだけならどうして、中学の時あんなことを言ったのだ。『好きだ』なんて。あれさえ聞かなければ——。

(好きだなんて言っておいて、一人だけ忘れた顔して……俺がどれだけ)

涙が出そうになり、涼太は慌てた。

「俺が……お前といたくないんだよ。だから、明日から迎えに来るなよ!」

涼太はとうとうその一言を口にしていた。今までに何度か言いかけて、言えなかった言葉だ。言ったとたん、涼太はもう恭一の顔も見られずに駆けだしていた。言葉に嘘はなかった。もうずっと長い間、涼太は恭一と一緒にいるのが苦しかった。恭一は追いかけては来ない。自分で拒んでおきながら、そのことに、涼太は心のどこかで傷ついていた。けれど、どうせ恭一にとっての自分なんて、そのくらいのものだろうという気がした。

家に帰ると、一直線に自分の部屋のベッドに身を投げ出した。枕《まくら》に顔を埋めるとじわじわと涙が出てきた。それをぐっとこらえながら、涼太は唇を噛《か》みしめた。

(嫌いだ……恭一がじゃなくて、こんな、ダメな自分に振り回されてる自分が、嫌いだ)

男らしくない。情けない……。知らない間に男に抱かれて、自分は心まで弱ってしまったのだろうか。そんなことをぐるぐると考え続けているうちに、涼太は疲れ、寝息をたてていた。

「あっ……ああっ……ん、んっ」

嵐《あらし》の夜、暗い生徒会室で涼太は男の性器を後孔《こうこう》に挿《さ》され、揺さぶられていた。

指で何度もほぐされ、男と自分、両方のいやらしい蜜《みつ》で濡《ぬ》れた後孔はすっかりゆるんで、男の杭《くい》にからみつき、うねうねと蠕動《ぜんどう》している。中の感じやすいところを刺激されると、まるで脳そのものに快感が走ったようにふっと意識が遠のく。

「あっ……あっ、あっ、ああっ、あっ、やー……っ」

いやだと思っているのに、体は感じてしまう。

激しく揺さぶられ、嵐の音にまざって肌と肌のぶつかる卑猥《ひわい》な音が響く。それさえ恥ずかしくて、切なくて、涼太は顔をまっ赤にして打ち震えた。

(もうしないって、言ったのに……)

これが恋愛ではないことは、分かっている。

(俺だって、なんで最初の時、こんなことしちゃったんだろう……)

ふっくらとふくらんだ乳首へ男が優しく噛みつき、吸ってくる。とたん、涼太の後孔がきゅうっと締まった。

男がうめき、涼太の後孔に熱い飛沫《しぶき》を放った。その衝撃に、涼太は尻《しり》を揺らして一緒に達し、硬くなった性器から、勢いよく白濁したものを飛ばしていた。

「あ……、あ、あ、あー……っ」

ハッと眼が覚めた涼太は、下着に違和感を感じた。そこは自室のベッドで、電気を点《つ》けていない部屋は暗かった。戸外で、うなるように風の音が鳴っている。

(最悪……)

夢の中で男に抱かれ、達した。そのタイミングで、涼太自身も達してしまったらしい。下着は精液でぐっしょりと濡れていた。濡れた下着を脱ぎ、スウェットのパンツを穿《は》くと急いで階下に下り、シャワーを浴びた。台所から母親が炒《いた》め物をする音が聞こえ、香ばしい匂いが漂ってくる。

「あ、お兄ちゃん。ねー美保子《みほこ》の宿題みてぇ」

スウェットの上下に着替えてリビングに行くと、宿題をしている妹が声をかけてきた。涼太は疲れていたが、美保子の隣に腰掛けて算数のプリントを手伝ってやった。

ふと見ると、ダイニングテーブルの片隅に古い携帯電話の機体が数個まとめられていた。

「母さん、これなに？　携帯電話……」

「ああ電話機の中に入ってるコバルトだかなんだか、回収してるんだって。専門店に持ってくと、商品券もらえるキャンペーンやってるらしいの。あんたのも持ってくから」

涼太が訊くと、リビングと一続きになっているキッチンのほうから、母が答える。

涼太は重ねてある電話機の中から、見覚えのある機体を手に取った。角がすっかり割れてしまっている。確か落下事故に遭う直前まで、涼太の使っていた機体だ。事故で壊れたので、母親がすぐに機種変更してきてくれたのだった。

「いやあねえ、暴風域に入っちゃうかしら」

母親がキッチンでため息をついている。

「涼太も、今日はもう出ないでよ。あんたったら階段から落ちた日も、生徒会の仕事があるとかなんとか言って嵐なのに夕方から出かけたでしょ。夜遅くまで帰って来ないし、心配してたら大怪我して……記憶喪失なんて聞いた時は、最初心臓が止まったわよ」

涼太はドキリとした。事故に遭ったのは八月七日だ。ちょうど夏休み中だった。涼太は記憶がないから覚えていないが、生徒会の仕事で学校に呼び出されて作業をこなし、帰宅しようとした矢先、階段から落ちたと聞いている。母親の言うことを信じるなら、八月七日は嵐だったということになる。夢で見る男に犯されていた夜も、嵐だった。

「美保子、そこの計算やってろ。できたら見てやるからな」

「はあい」

妹のそばを離れ、涼太は古い携帯電話を自分の部屋に持って行った。コンセントに差しっぱなしの充電器につなぎ、しばらく待って電源を入れると、画面にちらちらと影は走るものの、一応携帯電話は起動した。

(もしかしたらこれに、あの『男』の手がかりが残ってるかも……)

そう、涼太は考えた。今までその可能性に、どうして気づかなかったのか。

まず、着信履歴と発信履歴を調べる。八月七日の着信履歴は公衆電話、それから『北川さん』となっている。涼太は息を呑《の》んだ。どちらも十九時ごろの着信だ。最後の発信は事故前日の八月六日で、これも『北川さん』。履歴をたどっていくと、涼太の発信には毎日のように北川の名前が残されていた。

（なに……なにこれ。俺、こんなに北川さんと話してたのか？）

混乱したまま、涼太はメールの履歴を探った。しかし落下時に破損したせいだろう、受信ボックスのデータは壊れてなにもない。送信履歴にもなにもない。諦《あきら》めかけながら、涼太は未送信ボックスを開いてみた。

未送信ボックスには、下書き状態のメールが保存されている。そこに、涼太はたった一通だけ残されていた下書きメールを見つけた。しかし送り先のアドレスは、電話帳には登録されていないものらしい。普通電話機に登録されたアドレスなら、宛名《あてな》には登録名が出るが、表示されているのはアドレスそのものだった。返信日は八月七日。その日付に、涼太は息を呑んだ。

（俺が、階段から落ちた日だ）

にわかに心臓が大きな音をたて、指が緊張で震えだした。もしかしたら、『夢の男』につながる大きな手がかりがあるかもしれない。息を詰めて、涼太はそのメールを開いた。

『件名　Ｒｅ：相談

＞今日の夕方なら、学校にいるから、来てくれれば会える。生徒会室にいる』

メールの本文は、たったそれだけ。『＞』の記号が本文の頭についているのは、それが涼太の文章ではなく、送り主の文面で、メール返信時に涼太が引用したことを示している。

（てことは……もしかしてこれ、あの『夢の男』から？　いや、待て。まだ分からない）

涼太は焦る気持ちを懸命に宥《なだ》める。階下に下りると、美保子が「できたよー」と声をかけてきた。その答え合わせをしてやってから、涼太は母親に訊いた。

「母さん、あのさ……八月七日に、俺が大怪我したことってどうやって知ったの?」

「え? 言ってたでしょ。恭一くんが電話くれたの。病院の電話からね」

「……でもさ、恭一はなんで俺が病院にいるの知ってたの?」

「そんなの、あんたの携帯に電話したからよ。そしたら病院の先生が出たって、聞いてるでしょ? 恭一くん出先で携帯の電池が切れてわざわざ公衆で探してくれたのよ」

それが本当なら、十九時頃にあった公衆電話の着信がそれだろう。

(……八月七日が、嵐だったなら)

悪夢の映像は、もしかしたら事故の直前、涼太が記憶を失う直前のことかもしれない。

(俺は、『夢の男』にこのメールで呼び出されて生徒会室に行って、犯されて……その後、階段から落ちた? だとしたら、俺は事故の直前まであの男と一緒にいたんだ……)

もしかしたら、涼太を病院に運んでくれたのも『夢の男』かもしれない。

涼太はもう一度、メールのアカウントを見てみた。メールアドレスのドメイン名は、涼太の通う高校のドメインだ。これは、学校のサーバーを通して送られたものらしい。

(もしも北川さんがこのメールを送った張本人なら、学校のパソコンを使って送った……)

そこで涼太は、生徒会室の備品のノートパソコンを思い出した。役員ならば、自由にアカウントを作ってもらえるとも聞いたことがある。

（やっぱり、北川さんなのか？）

だとしたら、北川は涼太がなにも言わないのをいいことに謝罪の言葉一つなく、のうのうと知らんぷりをしているのだ。

（悪い人とは思えないけど）

しかし同時に、涼太は恭一の言葉を思い出した。近づくなと言われ、お前が思っているほどいい人ではない、と言われた。

（恭一……）

恭一のことを思い出すと、ついさっき捨て台詞《ぜりふ》を吐いてケンカ同然に別れてしまったことが蘇《よみがえ》り、暗い気持ちになった。けれどこんなふうになっても、涼太は心の底では、恭一を信頼している。恭一は、嘘をつくような男じゃない。

（恭一のことを考えて落ち込んでも仕方ない。……今は『夢の男』だ。北川さんのパソコンを見たら、分かるはずだ。誰にも知られずに見るには……嵐の来てる今夜がいい）

そうと決めると、いてもたってもいられなくなった。今すぐ、確かめたい。早く真実を知って、妙な夢から解放されたい。涼太は自室に戻るふりをして玄関へ向かう。もう後先など考えていなかった。

台風が近づく赤黒い空の下、家を出た涼太は全速力で走り出したのだった。

学校へ着く頃には空から雨が降り始め、校門の鉄レールが強まってきた風に揺すられてカタカタと音をたてていた。涼太はその門扉を登ると、夜の校舎へこっそり侵入した。

生徒会室のあるF棟はグラウンドを横切った、一番奥の校舎だった。一階の窓から入ると無人の校舎はしんと静まり返り、非常口灯の緑の光が廊下にぼんやりと伸びて不気味だ。

涼太は音をたてないよう、息を詰めて四階の生徒会室へ向かった。

生徒会長の北川が使っているノートパソコンは、役員室に置いてある。涼太は北川のパソコンを調べ、メールの履歴を見るつもりだった。

生徒会役員室の扉に手をかけると、案の定鍵《かぎ》が閉まっていたがそれは問題ない。扉の横に陵《りょう》明《めい》高校生徒会、と書かれた大きな表札がかかっており、その裏に部屋の鍵がかけてあるからだ。

(北川さんのパソコンは……)

役員室に忍び込み、涼太は部屋の中を見回した。緊張でドキドキと脈打つ左胸のあたりを、無意識に押さえる。悪いことをしている自覚はある。学校に忍び込み、他人のメールを盗み見ようとしているのだ。

(でも仕方ないじゃんか……『あの夢』が本当か、相手が誰か確かめたいんだよ)

夜の生徒会役員室にいると、あの悪夢はよりはっきりと涼太の脳裏に返ってきた。

(俺が男に押し倒されてたのは、会長机から少し離れた床の上だったっけ……)

思い出すとゾッとして、涼太はそれを振り切って机の引き出しを調べた。はたして、目当てのノートパソコンはキャビネットの引き出しに入っていた。機体は二つあったが、会長専用のシールが貼《は》られたほうを取り出し、マシンを起動させた。

しかし涼太は、自分の失敗に気がついた。そういえば、パスワードを知らなかった。なんてバカなんだ、と自分に呆《あき》れる。どこかにパスワードのメモがないかと引き出しを開けて探したが見つからない。困ったあげく、適当な単語を入れてみたりした。しかし、にっちもさっちもいかない。パソコンにはログインできないと分かると、強《こわ》ばっていた肩からどっと力が抜けて、涼太はへなへなと背もたれ椅子《いす》に座り込んだ。

（……調べたら分かるかもってことで、頭がいっぱいになってた）

その時だった。とうとう暴風域に入ったのだろう、窓の外でごろごろと不穏な音がし、稲光が部屋の中を青く照らした。続いて轟音《ごうおん》が鳴り、涼太は硬直した。

突然、心臓が飛び出しそうなほど激しく拍動しはじめた。どうしてかどっと汗が噴き出て、舌の根が一気に渇く。雨がスコールのように強まり、激しい風と一緒に窓ガラスを叩きはじめる。涼太は頭からすうっと血の気がひいていくのを感じた。

だしぬけに、得体の知れない恐怖に襲われた。それはまるで、あの悪夢の中に放り出されたような恐怖だった。怖い、と思った。あの夢の光景が、頭の奥に何度も何度もフラッシュバックしてくる。

『いやだ……やめて……っ、ああ……っ』

——自分の、艶《なま》めかしい喘《あえ》ぎ声が耳に返ってくる。吐き気を覚えて立ち上がるのと同時に、眼が眩《くら》んだ。誰もいないのに、誰かが自分を追いかけてくるような錯覚を起こす。まるで今のこの現実が、あの夢の中のことのように感じたのだ。涼太は足をもつれさせて床に転び、完治していない右手首を打つ。とたん激痛が走り、叫び声をあげた。

「おい!?」

部屋の中に、誰かの声が聞こえたのはその瞬間だ。涼太は息を呑んだ。肩を摑《つか》まれる。男の手だ。後ろを振り向いた涼太は、自分に覆い被《かぶ》さる影の大きさにおののいた。自分より一回り大きな男の体。我知らず、涼太は金切り声をあげていた。

「いやだ！　やめろ！　放せ！　もういやだ！　いやだ、いやだ、いやだ！」

頭の中がぐちゃぐちゃになり、今が現実なのかそれともまたあの悪夢を見ているのか、分からなくなる。悔しさとも悲しさともつかない感情が、熱い塊になって喉《のど》の奥からこみあげてきた。とたん、とめどなく涙が溢《あふ》れ、滝のように頰《ほお》をこぼれた。

(俺のことなんか好きじゃないくせに、好きじゃないくせに！)

押しのけようと左手をつくと、男の胸板は厚く引き締まっていた。あの男だ、間違いない。また犯される——！

「おとなしくしろ！」

男が焦《じ》れたように怒鳴る。

「いやだ！　放せ！　放せ！　放せ！」

嵐の音が涼太の頭の中でもごうごうとうなる。

「落ち着け！　俺だ、恭一だ、涼太！　なにもしないから！　なにもしない！」

耳元で怒鳴られ、次の瞬間涼太は男に抱き竦められていた。稲光が部屋の中を青く照らす。

泣き濡れた眼で男の顔を見上げる。それは恭一だった……。

「……恭一？」

恭一が、そうだよ、と言ってくる。涼太の耳にすんなりとなじむ、静かで落ち着いた声。

「怖くない……落ち着け。大丈夫だから。なんにもしない。な？」

恭一は子どもに言い聞かせるような口調で涼太の体を抱きしめ、頭を撫《な》で、首筋をたどって、背中を優しく叩いてくれる。

（……恭一の体、大きいな）

実際には、それほど体格に差はないだろう。けれど抱きしめられると、恭一の体は分厚く、はっきりと男を感じた。涼太は厚い胸に頬を押しつけたまま、しゃくりあげた。

胸の奥でずっと硬くなっていたものが、緩んでいく。眼に溜《た》まっていた涙が、ぽろぽろと頬をこぼれた。恭一に密着していると、痛いほど早鳴る自分の心臓の音がはっきりと聞こえ、体がぶるぶると震えているのに気がつかされた。

「俺、俺、違う。ちょっと……驚いただけ、驚いただけなんだ」

「うん」

「本当に、もう平気だから、放せよ」

けれど恭一は放してはくれず、抱きしめる腕にそっと力をこめてきた。雨で湿った髪に鼻先を埋められ、涼太は息を詰めた。なぜか——そうされると、自分でも制御のできない感情が胸の奥からふくらんで、ずっと我慢していたものが切れるのを感じた。

（……なんで、俺。俺、恭一とは……もう一緒にいたくないって、思ってたろ？）

そう思うのに体の震えは止まらず、涙は後から後からあふれてくる。涼太はとうとう嗚咽《おえつ》を漏《も》らしてしまった。

「……落ち着いたか？」

涼太の嗚咽がしゃっくりに変わる頃、恭一はそっと腕をゆるめて顔を覗《のぞ》き込んできた。

外では風雨が吹き荒れており、窓ガラスがガタガタと揺れている。今になって、涼太は恭一が雨に濡れていることに気がついた。

「おばさんから涼太がいないって電話があってさ。また学校じゃないかって言うから捜しに来たんだ。心配した……なにもなくて良かった。怪我は？　悪くなってないか？」

静かな声で心配したと言われると、胸が震えるのを感じた。そこに特別な感情はなく、ただ幼なじみだからというだけだと分かっていても、心細さの反動か、今は素直にそれを受け入れたくなる。

「それに、こんなとこであんなパソコン起ち上げて……なにしてたんだ？」

恭一がちらりと会長机に眼を向けたので、涼太は青ざめた。会長専用のパソコンを、こっそり起動していたのがばれてしまった……。

顔をあげると、恭一と眼が合う。恭一は静かだが、言い逃れを許さないような厳しい眼でじっと涼太を見つめてくる。下手な嘘など、すぐにばれるだろう。

「……い、言えない」

けれど涼太は、言う勇気がなくて弱々しい声で呟《つぶや》いた。

「お前、俺のこと軽蔑《けいべつ》すると思う」

しかし恭一は、しないよ、と言ってくる。それは温かく迷いのない声に聞こえた。

「お前は俺が昔、好きだって言ったの、忘れたのか……？」

涼太は息を呑んだ。

（それって、中学生の頃の話か……？）

恭一は、あの告白を覚えてくれていたのか。忘れていると思っていたから、一瞬言葉が出なかった。涼太は心臓がドキドキと脈打ち、頬に熱がのぼってくるのを感じた。

（でもあれは、あの『好き』はそれほど大した意味じゃなかったんだろ？）

「……あ、あれは昔の話だろ？」

自信がなくて、訊く声がかすれた。心のどこかで、もっと違う訊き方をすればよかったと思った。例えば、本当はあの告白は、どういう意味だったのか——とか。

「そうだな……だけど、一度好きになった相手を、嫌ったりしないよ」

今の恭一の言葉はどうとればいいのだろう。昔のことだという涼太の言葉を肯定したのだから、やはり以前のように自分を好きなわけじゃない。

（そもそも、前の『好き』だって、やっぱり、大した意味じゃなかったのか……）

こんなふうにあっさり流せるのだからそうなのだろう。そう思うと、なぜか肩から力がぬけていった。

（でも、嫌われてはいないんだ……）

不意に恭一が「お前、怖い夢を見てるんじゃないか？」と訊いてきた。涼太はハッとして恭一を見つめ返した。

「おばさんから聞いた。お前、夜中に何度も眼が覚めてるみたいだって……もしかしたら、過去の記憶か？」

そこまで気づかれていたと知り、涼太は驚いた。夢を怖がっているなんて男のくせに情けない。涼太は唇を噛む。

「俺、おかしいよな」

「そんなことないだろ？」

「……俺、記憶がない間、男と寝てたみたい」

一息に言ったとたん、抑えていた感情の箍《たが》がはずれてまた涙が眼にあふれた。ただただ不安と恐怖がわいてくる。

「そういう夢見るんだ。俺、男と寝てた。嵐の夜……」

嵐の夜……、と恭一が呟き、黙り込んだ。考え込むように、厳しい顔をしている。

「階段から落ちる直前だよ。八月、七日。その日の夜に、学校で……男としてたみたい」

「……相手のことで、他に覚えてることはあるのか？」

「あんまり。でも、ご、強姦《ごうかん》だった。む、無理矢理だったんだ」

強姦、という単語を言うのに抵抗があって、涼太は小声になる。恥ずかしさとみじめさが一緒くたになり、頬が熱くなった。聞いた恭一がさっと青ざめた。

「……強姦？」

涼太は北川さんかもしれない、と涙声で訴えた。

「条件が合うんだ。青いネクタイで、バッジしてて、体が大きかった」

「北川さんのことは……夢の中で、どう思ってるみたいなんだ？　好き、とか？」

「分かんない。でも俺……あんなのいやだ。け、軽蔑しただろ？」

恭一は男に犯されていた自分を、どう思っただろう。それを知るのが怖くて、涼太はずっとうつむいていた。けれど恭一は、涼太の頬に落ちていた涙をそっと拭《ぬぐ》ってくれた。

「軽蔑しない」

でも、と涼太は反論した。男に、喘がされて、お、女みたいに。俺、ちゃんと抵抗できなかった

「男と寝てたんだぞ。

……好きでもない男と、セ、セックスしてた」

言う声がだんだん自虐《じぎゃく》的な響きを帯び、かすれていく。しばらく黙っていた恭一が、ややあって小さな声で囁《ささや》いてきた。

「俺も男と寝てたよ」

涼太は息を止めた。今、恭一はなんと言ったのだろう。一瞬、意味が分からなかった。顔をあげると、闇《やみ》に慣れた眼に恭一の、いつもの無表情が映った。

「俺も夏の頃、寝てた男がいる。恋人でもなんでもなかったが、寝てた。もう終わったけどな、セフレみたいな相手だった」

涼太は驚き、声が出なかった。恭一は、ふと困ったように笑った。その黒い瞳に、淋《さび》しそうな陰が浮かんでいた。

「……つ、付き合ってた男が、いたってこと？」

「だから、セフレだ。好き合ってなくても、男はセックスできる。生理的に反応すれば」

恭一が自嘲《じちょう》気味に肩を竦め、そのとたん涼太は心臓が痛むのを感じた。まるで細い針で何度も突かれているように、その痛みはずっと続く。恭一には夏の頃、寝ている男がいた。

知らなかった――。

（……恭一も、あの『夢』みたいに誰かを抱いたり、抱かれたりしてたのか？）

誰かを組み敷き、あるいは組み敷かれてキスをしたのかもしれない。今涼太を慰めてくれている大きな手で相手の体を触り、無口な唇で相手の耳に睦言《むつごと》を囁いたのだろうか？

それは涼太には、想像さえつかない恭一だった。恭一が普段、そこまで他人を求めているようには見えないせいかもしれない。

（俺が好きだって言ってたのは、やっぱり恋愛感情じゃなかったんだ……）

胸の奥で、涼太は自分の心のどこかにひびが入り、小さく欠けたように感じた。この感じはなにかに似ている、と涼太は思った。それは十五歳の時、恭一に好きだと告白された直後の感情だった。返事は要らないと言われて、終わってしまった。あの時に感じた、胸の奥に空虚な穴が空いたような気持ちだった。その時は、恭一は男同士だから付き合えないと言ったのに、涼太が知らない間に男と寝ていたなんて……。

（高校に入って変わっちゃったのは、俺だけじゃなかったんだ）

不意に涼太は、これほど恭一と距離をとろうとしてきながら、自分が心の隅で、今でもまだ恭一のことをよく分かっているつもりだったのだと気がついた。

どうしてか瞼《まぶた》の裏に、中学生の頃、いつも見つめていた恭一の走る姿が蘇ってくる。

夕焼けの光を浴びて四百メートルトラックを駆け抜けていく恭一のシルエットは、まるで野生動物のようにしなやかに見えた。自分はその姿に、時間を忘れて見入っていた……。

「そっか。そうだよな、男だもんな、反応したらセックスできるよな。あは、意外だ。恭一でもそういうこと言うんだ……」

涼太は笑い飛ばそうとしたが失敗し、声が上擦《うわず》った。

恭一は、どうやって男を抱くのだろう。

想像しようとしたら、背筋に妙な感覚が走った。快感とも寒気ともとれる感覚。そしてわきあがってくる、罪悪感。涼太は眼を泳がせ、かすれた声を出した。

「……キスも？　誰とでも、できんの？」

訊くと、恭一が涼太の頬を指でなぞった。顔をあげると、あまりに間近に恭一の顔があった。暗がりの中、戸外の稲妻を受けて、二つの黒い瞳が光り、そこに自分の顔が映っているのが見えて、涼太は息を詰めた。

「できるよ……だから、お前とも、できる。キス」

囁くような声で、恭一が言った。どうしてその時そうしたのか――。涼太は自然と、眼を閉じていた。

温かく、柔らかな恭一の唇が、自分のそれに重なるのを感じた。急に得体の知れない悲しみが、涼太の胸にこみあげてきた。首を抱き込まれ、深く唇を合わせせられる。

心臓が締め付けられて、息ができないほど緊張していた。それでいて体の奥に、熱いものが

溢れ出る。熱い舌が口の中へ入り込んできた時、涼太はほんの少し身じろぎした。

（……なにしてるんだろ、俺）

キスはいやではなかった。けれど恭一は誰とでもキスできるのか……そう思うと、抱きしめ返すことはできなかった。それなのに本気で拒むこともできないのは、どうしてだろう。

深く合わさった唇と唇の隙間《すきま》から、こぼれた唾液《だえき》が溢れて涼太の口の端を汚した。

眼を閉じると、ごうごうと響く嵐の音に混ざり、涼太と恭一の唇の間でたつ水音が、いやにハッキリと、耳に響いてきた。

五

夜の内に関東に上陸した台風は、翌日の朝には東へ移動していった。

生徒会室へこっそり忍び込んでいた涼太《りょうた》は、恭一《きょういち》が連絡を入れてくれ、母親が激怒しながら車で迎えにきてくれたので、その晩のうちに帰宅することができた。家に戻ると、恭一からメールが届いていた。

『明日も迎えに行く。それから、夢の話は俺から北川《きたがわ》さんに探りを入れてみるから、お前はあの人に近づくな』

恭一はついさっき自分とキスをしたことを、どう思っているのだろう？　メールでは一言もそのことに触れていない。それに朝の迎えは要らないと言ったのに、あっさりと流されてしまっている。しかし夢のことも話し、キスまでしてしまって、今さら「来るな」とは言えず、涼太はしばらく考えて『分かった』とだけ返した。

その夜、涼太はいつもの悪夢とは違う、べつの夢を見た。

いつのことなのか――涼太は恭一と向かい合い、なにか話していた。場所は恭一の家のようだ。しばらく遊びに行っていないはずの、しかし小さな頃から見慣れた恭一の家のリビングで、涼太は恭一になにか怒っているようだった。

ただ夢ははっきりせず、朝眼が覚めた時には涼太の記憶からは抜けてしまっていた。

「涼太、これうっかり忘れてたの。誰かからか借りたんでしょ。返しときなさい」

翌朝、ダイニングで朝食をとっていると母親がエプロンのポケットからきれいにアイロンのかかったハンカチを差しだしてきた。白地に青と赤のボーダーが入った、いかにも上質そうなコットン素材のハンカチだ。

「え？　これってなに？　誰から借りたやつなの？」

涼太はそのハンカチになんの覚えもなかった。思わず訊くと、知らないわよ、と母が首を傾《かし》げた。

「階段から落ちた日にあんたが持ってたのよ。お友達に借りたんじゃないの？」

大ざっぱな母親は適当に言う。涼太は家を出てから、このハンカチは北川のものじゃないか、と思った。

(事故の日に、俺の制服のポケットに入ってたなら……その可能性は十分あるよな？)

これまでの情報を総合したら、八月七日の事故直前、涼太はあの『夢の男』と会っていたようだ。誰かがその日にハンカチを貸してくれたなら、それが『夢の男』に違いない。

玄関を出ると、恭一が迎えに来ていた。その姿を見て、涼太は思わずドキリとした。昨日、キスをしてしまったのだ――と思うと、ついつい顔を背けてしまう。けれど恭一はいたって普通で、まるでいつもと変わらなかった。

「バス停まで持つ」

ごく自然な動作で、涼太の肩からカバンをとってしまう恭一へ、涼太はなんとなく拍子抜けした。

（……キスしたって意識してるのは、俺だけなのかな）

恭一は夏の頃、寝ていた男もいたという。自分が知らなかっただけで、恭一は意外と遊んでいて、キスやセックスも慣れているのかもしれない……と涼太は思った。そう思うと気分が重くなったが、それがどうしてなのか涼太にはよく分からなかった。

（そんなことより、今はあの『夢の男』が北川さんなのか調べることのほうが先だ）

恭一にはあまり近づくなと言われていたし、それをあからさまに破るつもりもないが、自分からなにもしない、という選択肢は涼太にはなかった。制服のポケットの中に手を入れると、朝方母親から渡されたハンカチが指に当たる。涼太は学校に着くまでの間、ずっとそのハンカチに触れていた。

放課後になり、涼太は生徒会室へ向かった。それぞれの役割分担も決まり、文化祭に向けて本格的な準備が始まったため、集まった役員や委員たちは生き生きとして、涼太が着くと生徒会の部屋の中にも活気が溢れていた。

「舞台スケジュール組む前に、各クラスの出し物を決めてもらわないとさー」

「十三時のグラウンドは仮装リレー入れてほしいんですけど」

「あ、舞台管理のほうとしっかり話つけてね、メインスケジュールが重なると困るから」

「式典のゲスト一覧表ってもうあがってます？」

狭い役員室と会議室いっぱいに人が詰めかけ、それぞれが係ごとに集まってやいのやいのと喋《しゃべ》るので、部屋の中はお祭りのような賑《にぎ》やかさだった。

恭一も忙しそうにノートパソコンを使い、資料作成をしていたが、涼太は恭一の補佐なのでその横に座って一人ぽつんとしていた。

「恭一、なんか手伝うことないのかよ？」

訊くと、ちょっと待って、という返事が返ってくる。

「今作ってるものが終わったら手伝ってもらうから」

恭一は一人でいくつもの事務処理をしているので、忙しいらしい。涼太に仕事を振る時間も惜しいのだろう。しかしみんなが忙《せわ》しない中、一人だけ暇なのは辛《つら》いものがあった。

「あれっ、珍しい。さすがにちゃんと来たんだね、北川」

ふと書記の椎名《しいな》が声をあげ、涼太は振り返った。役員室の入り口から、長身を折り曲げるようにして入ってきたのは会長の北川だった。

「や、どうもどうも、椎名ちゃん。みんなお疲れ様ー」

北川が陽気に声をかけると、役員室にいた生徒たちがぴたりと話をやめて北川を振り返り、「お疲れ様あ」と返事をした。それまで周りの話など耳に入っていなかったようなメンバーなのに、と思うと涼太は感心した。

（北川さんて……華があるんだよなあ）

パッと目をひくというのか、そういうところは恭一といい勝負だ。恭一は聞く人間の気を引き締めさせるが、北川は和やかにさせる不思議な魅力を持っている。

「……北川さん、珍しく仕事してくださるんですか」

恭一の声にとげとげしい響きがある。北川も恭一の雰囲気には気づいているだろうに、余裕しゃくしゃくといった様子で眼を細めると、

「今日からは毎日来るし、仕事もやりますよ。二宮《にのみや》のやり方を見習おうかと思って」

北川が言うと、恭一の眼差しが剣呑《けんのん》になる。北川はさっと涼太を振り返ってきた。眼が合い、涼太は一瞬構えた。もしかすると北川は、『夢の男』かもしれないのだ。しかしそのとたん、恭一が「涼太」と声をかけてきた。

「ファックスのところに、支援企業さんから広告の案が入ってないか見てきて」

涼太は素直に立ち上がり、役員室の隅っこに置いてある古いファックス電話機のほうへ確認

に行った。しかしなにも届いていない。ちらりと振り返ると、北川は椎名と話しているところだ。涼太は無意識に、ポケットに手を突っ込んでハンカチを触っていた。

「北川、二宮の仕事半分やってあげてよ。負担が多すぎるんだから」

「いえ、俺の仕事はいいです。北川さんにやってもらいたいことは他に山ほどあるので」

「二宮とオレが一緒に仕事したらケンカになっちゃうって、椎名ちゃん」

椎名と恭一、北川のやりとりが、涼太のところまでうっすらと聞こえてくる。

「水沢《みずさわ》、クラブハウスに前配った配付資料の回答もらいに行くんだけど一緒に行ってくれない？　一人じゃ数が多いからさあ」

席に戻ったところで北川から声をかけられ、涼太はチャンスだと思った。

（ハンカチのこと訊けるかもしれない）

それになんであれ仕事をもらえるのが嬉しい。しかし涼太が答える前に、恭一が「涼太は俺の補佐ですから」と断ってしまった。

「……お、俺時間あるから手伝ってくるよ」

涼太は思わず、恭一に反論した。

「そうだよ、水沢は二宮の仕事しか手伝っちゃダメなの？　そおんな役立たずなの？」

北川が揶揄《やゆ》するような口調で、茶々を入れてくる。

「涼太の得意なことは俺のほうが分かってますから。できることをしてもらいます。あまりいろいろやらせないでください」

切って捨てるような言い方で、恭一がそれに答えた。北川は眼を細めると、

「だって。露骨に過保護だねえ、二宮は」

厭味《いやみ》ともつかない声音で肩を竦め、「じゃあ一人で行ってくるよ」と出て行く。

自分を疎外して話している恭一に、涼太は不満を感じた。

「……まだ仕事ないんだろ。俺だって、配付資料の回収くらいできるんだけど」

思わずそう言うと、恭一がわずかに眉を寄せてため息をつく。

「運動部に配布した資料は各部の出し物の予定と、スケジュールの希望。それから予算についても書いてもらってる。そんな仕事を生徒会長にやらせたいのは、質問やら希望やらがあちこちから飛び出て、それに対する回答が生徒会全体の回答だと思われるから。ただ回収するんじゃなく調整が多いから、北川さんが向いてる」

「でも……会長の回答とか聞いてたら次に質問された時役立つし」

「臨時委員なのにか？　文化祭が終わったらやめるんだ。生徒会とも、北川さんとも関係なくなるのに、そこまでする必要はない」

断言され、涼太は一瞬声を失った。もう何度も感じてきた劣等感が、また胸の奥に広がっていく。恭一に認めてもらえていない、頼られていない、という気持ち。押し黙ると、どこかイライラした口調で恭一が呟いた。

「昨日泣いてたくせに、北川さんと二人きりになりたがるお前が分からない」

涼太は思わず、眉を寄せた。恭一がじろりと睨《にら》んでくる。

「近づくなと言ったろ。二人きりになるな。本当に北川さんがレイプ犯ならどうするんだ？　それとも、もしも無理矢理抱かれても、北川さんならべつにいいのか？」

「は……？」

恭一は、なにを言っているのだろう。そんなはずがない。

「俺は俺で……確かめたいんだよ。なんでそれがいけないんだよ？」

「お前じゃ下手を打つ。俺が探ってやるまで待ってろ。いいな」

それだけ言うと、恭一は立ち上がってプリンターのほうへ行ってしまった。残された涼太は、まるで心臓を突き刺されたようなショックを受けている自分を感じた。

（……なんだよ。なんだよ？　昨日あれだけ優しかったくせに、いきなり俺のことバカにするような態度とってきて、意味分かんない）

——キスだってしてきたくせに。

胃が小さく痛み、涼太は唇を噛んだ。

（俺がどれだけ悩んでるか、分かってくれたと思ってたのに……）

やっぱり恭一には、自分の悩みなんてどうでもいいのか、という気さえしてくる。

「涼太、これ、顧問の井上《いのうえ》先生の判子をもらってきて。ゆっくりでいいから」

たった今プリントアウトしたばかりらしいＡ４の紙を渡され、涼太は返事もせずに受け取った。廊下へ出ると、賑やかな話し声が役員室の中から聞こえてくる。疎外感に、涼太は追い詰められたような気持ちになった。

（……プリント持ってって判子もらうことが、俺の得意なことで、できること？）

以前なら、と涼太は思ってしまう。中学時代の自分なら、恭一はもう少し自分を認めてくれただろうか？　けれどもう今の涼太は、頑張り屋の涼太ではない。

（信頼して悩み話したのに……結局恭一は、俺のことなんか興味もないんだろ）

わいてきた悔しさを振り切るように、涼太は小走りに階段を下りていった。

職員室で生徒会顧問の井上から判子をもらうと、涼太は生徒会室に戻るのがいやで悶々《もんもん》としてきた。こんなことは以前にもあった。椎名が涼太に美化の仕事を振ってくれたのに、恭一が強引に自分の補佐に決めてしまった後だ。

ため息をつきながら、涼太はなんとなくまた中庭へ向かい、フジウツギの木のところまで来た。見ると、マルハナバチが吸蜜《きゅうみつ》していた。

「お前ら、もう秋なのにまだ蜜集めんだ。偉いなあ……」

ぼうっとハチを見ながらふと顔を上げると、少し離れた場所の外廊下を忙しそうな足取りで恭一が通り過ぎていくところだった。恭一の数歩前には、生徒会役員で三年生の女子が歩いており、手に大量のプリントを持っていた。恭一は早足で彼女に近づくと、なにやら声をかけている。恭一を見上げる彼女の頬が、桃色に染まった。やがて恭一は彼女の腕からプリントを受け取り、並んで職員室のあるC棟のほうへと歩いて行ってしまった。涼太は脳裏に、頬を染めて嬉しそうに笑っている彼女の笑顔が引っかかり、なぜかもやもやと晴れない気持ちを感じてしまう。

（……べつに俺には関係ないのに）

けれど、そのもやもやはいつまで経《た》っても去らなかった。昨日、どうして恭一は自分にキスをしたのだろう——その疑問が、またわいてきてしまう。その時だった。

「水沢、可愛《かわい》いマルハナバチを見に来たの？」

後ろから声がかかり、振り向くと北川が立っていた。北川は眼鏡の奥でにっこりと微笑《ほほえ》んでくる。

「北川さん……運動部に行ったんじゃなかったんですか？　反対方向ですよね」

「水沢を捜しに来たの。二宮のことだから、また水沢を職員室にやるだろうと思って」

「え……？」

「暇なんでしょ？　もう二宮は放っておいて、オレの仕事手伝ってくれない？」

涼太が「でも恭一が……」と口ごもると、北川はきょとんと首を傾げてきた。

「ねえ、水沢って二宮と付き合ってるの？」

「え？　ま、まさか、そんなわけないじゃないですかっ」

　突然の質問に驚き、涼太はぎょっとなって声を荒げてしまった。訊かれた瞬間、昨日恭一とキスしてしまったことが浮かんだのだ。否定する声が裏返り、涼太は気まずくなったが、北川は気にする様子もなく「じゃあいいじゃない」と明るく決めつけてきた。

「二宮はああ言ったけど、オレも水沢の得意なこと分かってるつもりだよ。ね、手伝ってよ。……水沢がいいんだ。ね？」

　その物言いに、涼太は思わず北川を見つめ返した。北川はにっこり微笑んでくる。ついさっき女子と一緒に歩いていった恭一の姿が浮かび上がった。思い出すと、いやな気持ちになる。気がつくと、涼太は「分かりました」と承諾していた。どちらにしろ、北川と二人になれるのは好都合かもしれない。持っているハンカチのことを確かめるチャンスになる。

　陵明高校の運動部は、グラウンドと武道場の間にあるクラブハウスにそれぞれ部室をもらっていた。それは半分プレハブ作りの簡素な二階建ての建物で、小さな部屋がいくつも並び、一階に共同のシャワー室と足洗い場が設けられている。

「練習中でいないとこは諦めるから。水沢にはね、どこの部員がどんな質問や要望してきたか、メモにとっといてほしいの」

　と言って、涼太は北川にペンとノートを渡された。建物の中に入ると、むんと汗臭い臭いが充満している。一年生で陸上部を辞めて以来の懐かしい臭いに、涼太はなんとなく緊張してきた。

（陸上部の先輩に会ったら、ちょっと気まずいな……）

ここまできてそう思ったが、一階、二階と部室を順繰りに巡っていく間、とりあえず顔見知りに会うようなことはなかった。

「どうもー生徒会です。こないだの資料取りに来ましたあ」

涼太は驚いたのだが、北川はなんの気負いもなく、簡単にそれぞれの部室に入ってしまう。部員が中にいると、大抵笑顔で歓迎された。

「北川さあん、出し物、部員のやる気がなくてまだなにも決められてないんですよ」

二つ目に回った男子テニス部の部室で部長らしき二年生がそう嘆くと、北川は「じゃあなにならできるかな」と一緒になって考え始めたので、涼太はまたびっくりした。

「女子のテニス部と合同は？　女子と一緒なら男子もやる気でるでしょ？」

「あ。それは効果あるかも……でも女子テニスのほうが嫌がりますよお」

「いいよ、オレが話つけてみるから」

北川が言うと、テニス部部長はまじでぇ、と感激の声をあげた。

「いいんですか？　あんな約束しちゃって」

部室を出た後に心配になって涼太が問うと、北川は「大丈夫大丈夫」とあっけらかんとしている。しかし向かった先の女子テニス部の部長には、やはり嫌がられた。

「男子とやったらうちばっか大変です。こっちはこっちで大体やること決まってるんです」

部長の後ろで聞いていた他の女子部員も、うんうんとうなずいている。すると北川が「そうだよねえ」と深々とため息をついた。

「女子テニス部はみんないい子ばかりだし、働き者だもんね。男子のほうは役立たずっていうのは確かだよ。きみら全員可愛いしね、僕も副会長も水沢もみんなそう思ってる」

いきなり名前を出され、涼太はドキっとした。しかし女子部員たちは、「二宮くんが？」とだけ反応している。

「二宮も困っててさ、男子テニス部の出し物が決まらなくて……きみたちみたいにしっかりした子たちが指揮してくれるなら、悩みもなくなるんだけど……頼りすぎたね」

北川が苦笑いし、「じゃあ、また二宮と話し合ってみるよ」とつけ足すと、部長が「あの、そういうことなら」と初めのとりつく島もない口調を和らげてきた。

「男子テニス部が裏方に徹してくれるなら、考えてみます。人手は多いほうがいいし」

「本当？　当日はオレと二宮も見回るよ。あとは男女で話し合って決めて！」

北川が女子部長の手をきゅっと握ると、女子部長は心なしか頬を染め、ぼんやりとして見えた。

（北川さんて……ただ仕事怠けてるだけの人じゃなかったんだ）

涼太は思わず感心してしまった。他の部を回った時も、北川は困っているところの相談に乗り、解決策を一緒に考えて、上手《うま》く処理していた。どうしても処理できない場合は「持ち帰りで後日回答するね」と伝えていた。「さあ知らない。そっちで勝手に決めて」という態度は、ついに一度も見なかった。

「水沢、ノート見せてもらっていい？」

あらかた部室を回り終えてクラブハウスを出たところで、北川に言われて涼太はノートを渡した。中を見た北川が嬉しそうな顔をする。

「あ、やっぱりきちんとまとめてある。要点も突いてるし、読みやすいね」

「意外でした。北川さん……生徒会長にものすごく向いてたんですね」

ふと、涼太はそう言ってしまった。今まで真面目に仕事をしている北川を見たことがなかったので、成績だけで会長になってしまった人、という見方しかしていなかったのだ。すると北川は「適材適所って言ってね」と振り向いてきた。

「ほとんどのとりまとめ仕事は二宮に任せちゃったほうがいいんだよ。あいつは大枠をコントロールするのが得意だし、合理的でしょ。オレは多情で思いつきが激しいからさ」

北川に言われて、そういえばそうかもしれない、と涼太は思った。中学時代、陸上部で恭一は涼太の仕事の内容まで全部把握していたし、涼太の仕事というと部員と恭一とのパイプ役くらいだった。

「……俺、あいつと一緒に部活の長やった時、全然役に立たなかったなあ、そういえば」

恭一にできないことがないので、自分なんて要らなかったんじゃないか——今ではそう思う。それでも一緒に並んでいられるよう、あの頃は努力をしていた気がする。途中まではただ楽しくて。恭一に『好きだ』と言われてからは、恭一に嫌われないように。

(でも、無駄だったんだよな。……もう、やめちゃったし)

「北川さんはすごいですね。恭一も、同じようにみんなの相談には乗れても、多分一緒に考えたりはしないと思うんです。親切のつもりで、そりゃ親切なんだけど、先に答えを決めちゃって終わらせるか、突き放して自分でやれっていうか」

(なんか……北川さんのこと、素直にすごいなって思っちゃった)

「……二宮は基本、悪いやつじゃないけど、たった一人にしか興味がないからね」

北川が意味深に微笑み、眼を細める。

「でも水沢は、二宮のことよく分かってるよねえ。ちょっと妬《や》けるな」

どういう意味だろう？　涼太が不思議に思って顔をあげた時、グラウンドのほうから、ジャージを着た三年生が歩いてきて「お、北川じゃん」と声をかけてきた。

「あれ……水沢？　すげえ、久しぶり。なになに、お前、生徒会なの？」

涼太は一瞬、息を止めてしまった。声をかけてきた三年生は、陸上部の先輩だった。それも高校だけではなく、同じ中学出身でその時も一緒に部活をやっていた男である。

「殿村《とのむら》は受験間近でまだ練習？」

「もう引退してるけど、毎日塾でイライラするから、今日だけ走りに来たんだよ」

殿村と呼ばれた三年生はそう答えると、涼太を見て「それにしてもなあ」と感心したような声を出した。

「部活辞めてからどうしたかなあと思ってたけど、水沢、まだ二宮にくっついてるんだな」

殿村は、悪気があって言ったわけではなかったかもしれない。なにげない、ごく自然な感想だったに違いない。中学の頃まで涼太は恭一にべったりだったから、ますますそう思うのだろう。けれどその言葉に、涼太は激しい嫌悪を感じた。

頭の奥に、古い記憶がチカチカと蘇ってくる。

――水沢はいてもいなくてもどうでもいいんだよ。二宮はいられるとさ……。

涼太は殿村に頭を下げると、

「俺、手伝いがあるかもしれないから、もう役員室戻ります」

と口早に言い訳して、踵《きびす》を返した。数歩歩いたところで涼太は駆け足になり、グラウンドの脇《わき》を抜けて校舎のほうまで戻った。

「水沢……水沢！」

人気のない校舎と校舎の間にまで来る頃、涼太は後ろから追いかけてきた北川に左手首を摑まれ、引き留められた。ハッとなって振り返ると、少し驚いたような顔をした北川が、どうやら全速力で走ってきたらしく額にうっすらと汗をかいて涼太を見下ろしていた。

「あ……すみません。いきなり走り出して」

「それはいいけど、そんなに走って、怪我してた足は大丈夫なの？　あと、右手も」

言われて、涼太は右手首が鈍く痛んでいるのを感じた。さっきノートをとっていたせいもあるだろう。足のほうは特に痛みはなかったが、涼太自身長い距離を走ったせいで、息が荒くなり心臓がドキドキと拍動していた。

「……ごめんね。会いたくない人と会わせちゃった？」

まだ涼太の手を握ったままの北川が、その時小さな声で慰めるように囁いた。

（会いたくない人って……）

顔を上げると、北川は静かな眼で涼太を見下ろしていた。気持ちを見透かされたような気がして焦り、涼太はとっさに「そんなことないです」と口走る。

「べつに、殿村さんに会いたくないとかじゃ」

しかし口を滑らせて、そこまで限定されたわけでもないのに殿村と言ってしまう。涼太は恥ずかしさと気まずさで、頬に熱がのぼるのを感じた。

「水沢」

北川がいつになく静かな声で名前を呼んでくる。不意にその時、涼太は抱き寄せられた。抱き寄せてきたのは北川だ——見かけよりずっと厚い胸板が、涼太の胸に合わさる。

「そんなに、自分をいじめなくていいのに……」

耳元で言う北川の声が、優しかった。同じようなことを、前にも聞いたのかもしれないと涼太は思った。そうでなければ説明がつかない。抱きしめられているのに、涼太はそうされることをいやだとは思っていなかった。胸の奥で、硬くなっていたものがゆっくりと緩むのさえ感じている――。

「水沢には、いいところがちゃんとあるよ。ただ水沢が、自分はダメになったと思い込んでるだけ。その癖さえ消えたら、ラクになれる。ね、オレはちゃんと知ってるよ」

なにも言っていないのに、どうして北川は涼太の劣等感に気がついたのだろう。

(もしかして俺は昔、そんな話をこの人にしたことがあるのかな……)

そうかもしれない、と涼太は思った。古い携帯電話には、涼太が北川と何度も何度も電話で話をしていた事実が隠されていた。その時に、こんな話をしたのかもしれない。

(俺はこの人があのレイプ犯だって思ってるのに)

なぜ怖く思えないのだろうと、涼太は自分に問いかけていた。


「……陸上部を辞めるまで、俺、自分のことこんなにダメだなんて思ってなかったんです」

中庭を突っ切ったところにある自販機コーナーで、涼太は北川にジュースを一本おごってもらった。二人並んでベンチに腰掛け、いつの間にか橙色《だいだい》に変わった西日が中庭を照らすのを見ながら、涼太はどうしてか、北川にそんな話をしていた。

「そりゃ、恭一はすごいなと思ってたけど、出会った時からそうだったからそんなの当たり前だっていうか……意識してなかった。一緒にいるのが、ただ楽しかったし」

北川はなにも言わず、涼太の話を聞いてくれていた。

涼太は、高校に入ってすぐのことを思い浮かべていた。中学の頃の延長で、涼太は恭一と一緒に陸上部に入った。中学でも先輩だった殿村もいて、最初は二人の入部を歓迎してくれていた。少なくとも涼太はそう思っていた。

入部したばかりの五月、一年生は練習が終わった後の片付けをするのが通例だった。その日も二年生以上が部室で着替えている時間、涼太は恭一を含めた数人と一緒に後片付けをしていた。しかしグラウンドに、先輩のタオルが落ちたままなのに気がついた。

『これがないと困るだろうから、先に届けてくるな』

と言って、涼太は駆け足で部室へ向かった。クラブハウスの一階に入ると、足洗い場のほうから、先輩たちの声が聞こえてきた。

『二宮、あれは化け物だな。本当に一年かよ。俺らあいつに蹴落《けお》とされるかも……』

近づいたところでそんな声がし、涼太は声をかけるのをためらった。数人いるらしい先輩の誰かが『殿村』と呼びかけ、『お前、あの二宮と同じ中学だったんだろ』と言った。

『あー……正直、入ってほしくなかったぜ』

ため息まじりの殿村の声が聞こえ、涼太は息を呑んだ。

『中学の時もさ。あいつが入ってきて俺選手から落とされたし。ていうか、厄介なのは水沢がなんでも二宮と一緒にやりたがるからなんだよなァ』

『水沢って、えーと、ああ、あの二宮と一緒に入ってきたやつ』

誰かが相づちを打つと、周りが『え、どいつ？』と訊く。殿村が『タイムが一番平均だったやつ』と答えて笑った。

『二宮は水沢になんでも合わせちまうの。幼なじみなんだってさ。大体、うち程度の高校より上の高校、二宮ならいくらでも行けただろうに、多分水沢の頭に合わせたんだろ』

周りは興味なさげに訊いている。

『けどさ、水沢はいてもいなくてもどうでもいいんだよ。二宮はいられるとさ……』

殿村がため息をつき、

『結構いじめたんだぜ、二宮のこと』

と、言った。

『でも、めげねえんだよな。しれっとした顔で練習しててさ……』

お前もいじめたの、という声に殿村は『だって俺、あいつに蹴落とされたクチだもん』と笑っていた。聞いていた涼太は、心臓が痛いほどに脈打つのを感じた。

（そんなの、俺、知らない……）

涼太はそれ以上聞いていられなかった。タオルをクラブハウスの入り口にかけて、そのままグラウンドへ戻る。戻りながら、指先が震えだすのを感じた。頭の中が急にまっ白になり、涼太は呆然《ぼうぜん》と立ち止まっていた。

（……俺、恭一がいじめられてたなんて、知らなかった。聞かされてなかった……なんで言ってくれなかったんだよ？　俺が、恭一の足下にも及んでないから？）

自分は恭一より劣っている。

一度そう思うと、どうして今までそう考えなかったのか、不思議にさえなった。なにひとつ、並べていることも並べそうなこともなかったのに。中学の時のタイム差は、今でもまだ縮んでいない。それは永遠に縮まない差なのだと、涼太はこの時初めて気がついたのだ。だから恭一は、中学時代、部内でいじめにあっていたことを話してくれなかったのだろうか——。

気がついてあげられなかったという自責の気持ちは、同時にどうして話してくれなかったのかという怒りにもなり、ぐちゃぐちゃした感情が怒濤《どとう》のように胸におしよせてきた。

グラウンドに戻って片付けは再開したが、涼太は誰とも口をきけなかった。着替えも終わり、恭一と並んで帰っている時、涼太はつい『俺、八百メートル辞めようかな』と口走っていた。

恭一は立ち止まり、涼太を振り返ってきた。

『辞めるって……なんで？』

静かな声で訊かれ、涼太は頭の奥に、苛立ちが走るのを感じた。

(なんでいじめられてたって言わなかったんだよ)

俺のことを好きなら、言うだろう？　と思った。だからこの時涼太は、長い間ずっと感じてきた、「恭一の言った『好き』は大した意味じゃなかったのでは？」という疑問に、答えを出されたような気がした。

(俺のことが好きなら、もっとちゃんと、言ってくれただろ……？　返事だって、ほしいって言ってくれただろ？)

それだけじゃない。殿村が言った、『二宮は水沢になんでも合わせちまうの』という言葉も、涼太の頭にこびりついて離れてくれなかった。

(陵明高校にしたのも陸上始めたのも、俺に合わせて？　俺のレベルに合わせてたのか？)

そうかもしれないと思うと無性に腹が立ったし、気づけなかった自分が情けなくなった。

(誰より、恭一のこと分かってるつもりだったのに……)

『……理由はないけど。八百辞めて、四百とかでもいいかなって……』

『なら、俺もそうしようか？』

恭一にしてみれば、それはいつもの涼太の誘いだと思えたのかもしれない。涼太はどんなことでも恭一と一緒にやりたがってきた。百メートルでもハードルでも高飛びでもなく、自分と一緒に八百メートルをやろうと誘ったのは、涼太だったのだ。

けれど恭一の言葉を聞いた瞬間、涼太は、我慢していたものが切れるのを感じた。

『なんで？　……お前、俺が言ったら変えられるくらいの気持ちで、八百走ってたの？』

どうせそうやって四百に転向したところで、自分は恭一には敵《かな》わないのだと涼太は知っていた。そしてとっさにそう思った自分の卑屈さに、嫌悪を感じた。

『なんでも合わせてくれなくていいよ。なんでも、なんでも俺と一緒にしてくれなくたって。大体、お前が……お前が俺と同じ競技にいたら、俺一生選手になんかなれねーよ！』

気がつくと、涼太はそう叫んでいた。恭一が、心なしか驚いたような顔で涼太を見つめている。涼太はその顔を見ていたくなくて、顔を背けた。ほんの一瞬、恭一の切れ長の眼の中に傷ついたような色が浮かんだのを——見たような気がした。

その場を走るようにして逃げ去って、そうして涼太は、陸上部を退部した。それは、自分が辞めなければ恭一が辞めると感じたからだ。けれどその時、初めて思った。

(俺って……負け犬だ。負けたんだ……恭一に。自分の弱さに負けた——)

大好きだった陸上を、劣等感のために辞めた。そのことが、大きな負い目になった。そこから崩れていくのは、とても早かった。勉強を頑張ろうという気も失せ、なにもかも面倒になった。けれどそうやって自分がダメになっていくたび、涼太は恭一に自分を見られるのが辛くなった。たとえ恋愛感情ではなかったとしても、恭一がほんの一瞬でも好きだと思ってくれた、頑張っていた自分は——もういないのだと知られるのが、いやだった。

「……水沢の劣等感てさ、基本的に二宮限定なんだね」

ふと、聞いていた北川が感想を挟んできた。涼太はその言葉に、思わず口をつぐんだ。

（俺、なんでこんなことまでこの人に話しちゃったんだろう）

一年生の時、なにがあって陸上部を辞めたかなんて、真鍋《まなべ》にさえ話したことがなかった。三ヶ月前はどうだったか知らないが、今の自分にとって北川はまだよく知らない人のはずなのに。けれど心の奥にずっとしまっていた秘密を話すのに、なんの抵抗もなかったのはどうしてなのだろう。

「水沢が思ってるほど、二宮も完璧《かんぺき》な人間じゃないよ」

北川が苦笑気味に言い、涼太はふと北川は知っているのだろうか、と思った。

（恭一にセフレみたいな男がいたって……この人は、知ってたりするのかな）

自分の知らないところで男と寝ていたという恭一。そのことを思い出すと、ついさっき、女子生徒と一緒に歩いていた恭一を見た時と同じくらい、もやもやした気持ちになる。相手は誰なのだろう。この学校の生徒だろうか。けれどいくらなんでも、そんなことを訊けるわけがない。

その時、北川が持っていた炭酸飲料のペットボトルを開け、「うわあっ」と声をあげた。手の中で転がしていたのだろう、開けたとたん、泡が一気にはじけ飛んだのだ。涼太は慌てて立ち上がり、制服のポケットからハンカチを取り出した。

「大丈夫ですか？　これで拭《ふ》いて――」

そこまで言いかけて、涼太は息を止めた。とっさに取り出していたのは、今朝母親から預かったハンカチだった。それを見た北川が「あれ」という顔をする。

「オレのハンカチだね、それ。そうか、そういえば水沢に貸してたんだっけ」

にこやかに言い、北川が涼太の手からハンカチを受け取った。

涼太は雷で打たれたように、背に緊張が走るのを感じた。心臓が動きを止めたように錯覚した――そして次の瞬間、異常なほどの興奮で、全身が一気に熱くなった。

（北川さん。北川さんだ……）

北川さんが！

（北川さんが『夢の男』だ！）

「さあて、そろそろ行かないとね。多分、二宮が生徒会室で激怒してると思うけど。わざとオレと水沢の向かう先をバラバラにしただろうに、帰ってきてないから」

北川が笑いながら立ち上がる。涼太は一緒に立ち上がりながら、けれど、上の空だった。なにか、一言でもいい、もう少し手がかりがほしいと気が急《せ》いていた。

「あ、あの……」

思わず声を出すと、北川が小首を傾げてくる。心臓が、まるで飛び出しそうなほど激しく鳴っていた。

「また、色々電話してもいいですか？　……前も、よく話してくれましたよね」

そう言うと、北川はほんの少し驚いたような顔をしたが、すぐに眼を細めてくる。それはいつもからは想像もつかないほど、甘やかな眼差しだった。北川は涼太を見つめ、そっと身を屈めると、誰にも聞こえないくらいの小さな声で囁いてきた。

「いいよ。また、前みたいにね。オレたちのことは二宮には内緒にしよう」

その声が吐息となって耳にかかり、くすぐったくて涼太はわずかに肩をすぼめた。すると北川が微笑んだ。いつもの陽気な笑いとはまるで違う、どこか艶《つや》めいた笑みだ。

「水沢。水沢はいい子だよ。オレはそれを知ってる。もう少し、二宮の外にも眼を向けてくれたら、嬉しいけどね」

どういう意味だろう？

涼太は北川を見つめ返した。そして疑問に思った。

——北川が、自分を強姦した？

けれどそれならどうして、自分は北川を怖いと思えないのだろう？　混乱したまま、涼太はしばらくの間、微動だにできずに北川を見つめていた。

六

「あ……、あ、あ」

夢の中、達したばかりの涼太《りょうた》は生徒会室の床にぐったりと伸びた。男のものが後ろから抜けていくと、果てた余韻《よいん》がじわっと体に広がり、涼太は小さく震えた。

「……お前、どうして俺を抱くんだよ……」

涼太はしわがれた声で言った。雨の音がひどいから、質問は聞こえなかったかもしれない。それに、今さらこんな問いかけはずるいかもしれないとも、思った。もっと早くやめることができたのに、引き延ばしたのは自分のせいかもしれないと。だから訊《き》いた瞬間後悔が胸にのぼり、涼太は今の質問が男に聞こえなければいいと思った。

その時涼太の頬《ほお》に、ぽたり、と水滴が落ちてきた。それは覆い被《かぶ》さる男の顔からこぼれたものだ。

（汗？　それとも……）

「……——からだ」

男がなにか言ったけれど、激しい雨音にかき消されて聞こえなかった。

不意にまた、稲光が射しこんできた。男は開襟《かいきん》シャツのボタンを途中まではずしている。男の鎖骨の下、筋肉が盛り上がった左胸には、小さな火傷《やけど》の痕《あと》が見えた。

「これ、どうしたんだよ？」

涼太は無意識に手を伸ばし、男の火傷をそっと撫《な》でる。

「……煙草《たばこ》の火傷だよ」

と、男が言う。吐息のような声で。

「きっと罰が当たったんだ……こんなことを、しているから」

男は微《かす》かに、自嘲《じちょう》するように、笑ったようだった。そうして涼太は胸の奥が、小さく痛むのを感じた。火傷の痕を、（痛そう……）と思った。まるで自分の心にも、これと同じような火遊びの痕がくっきりと残されて、痛んでいるように。


土曜日の朝、家の玄関を出た涼太は胃の奥がきりりと痛むのを感じた。すぐ外で待っていた恭一《きょういち》が、明らかに不機嫌そうなオーラをまとっていたからだ。

「ちょっと涼太！」

同時に母親が玄関を開け、慌てた様子で声をかけてきた。

「あ、恭一くん。ごめんねえ、休日登校の日まで！」

「おはようございます、おばさん」

涼太の母親に声をかける時には、恭一が不機嫌を消す。土曜日の今日、本当なら帰宅部の涼太は特に学校に行く用事もないはずなのだが、文化祭まで三週間を切り準備も忙しくなってきたので、休日も登校することになっていた。恭一は、律儀にもそれを迎えに来てくれていた。

「おばあちゃんが敷居につまずいて転んだんだって。今から美保子《みほこ》連れて行ってくるわ」

「えっ、おばあちゃん、だ、大丈夫なの？」

母の言葉に、涼太は思わず眼を丸めた。母方の祖母は家から車で一時間ほどの場所で一人暮らしをしている。

「自分で電話してきたくらいだから平気よ。でも年が年だからね。お母さん、今夜は帰れないかも。あ、恭一くん、よかったら帰り、うちに寄ってってくれてもいいからね」

単身赴任中の父親はこの土日は帰って来ない。母親が忙《せわ》しげに家の中へ入っていき、そのとたん恭一の怖い雰囲気が戻るのを感じて、涼太は内心ため息をついた。それでいて、歩き出すとすぐ、涼太の肩からカバンをとってくれる。

「い、いいって。もう右手ほとんど治ってるようなもんなんだから」

「バス停までだよ」

（俺が気に入らないんなら、こういうとこで優しくしなけりゃいいじゃんか……）

と思っても、口に出せるほど素直になれない。涼太はふと、以前北川《きたがわ》に言われた「水沢《みずさわ》の劣等感は、二宮《にのみや》限定」という言葉を思い出した。

恭一の不機嫌は、涼太が北川とクラブハウスに行った数日前からずっと続いている。

──北川さんに近づくなって言っただろう。

生徒会室に戻ると、なぜか恭一は涼太が北川と同行していたと気がついており、下校中の道で、いきなりそう叱《しか》られた。

──でも、『夢の男』か調べようとしてたんだ。

反論すると、恭一はますます怒ってしまった。

──俺が探ってやるって言っただろう。

と。それからはなにを言っても『お前は動くな』『北川さんには近づくな』の一点張りだった。けれど涼太がそれをきかなかったので、恭一はいまだに怒っているようなのだ。

北川はというと毎日のように生徒会室に顔を出し、涼太に話しかけては手伝いを頼んでくる。やることもなく暇を持てあましているより、涼太も北川の仕事を手伝っているほうが気が楽だ。そうでなくとも北川は涼太を必要としてくれるのだから、頼まれればついついいきたくなる。

恭一はそのせいもあってか、ここ数日でさらに不機嫌になっている。

「あのさあ……言っておくけど、俺、べつに北川さんになにもされてないよ？　過去は……分かんないけど。大体、なんで恭一がそこまで怒るんだよ」

学校へ向かうバスへ乗り込み、一番後ろの席に並んで腰掛けてから、涼太はとうとう切り出した。休日の今日、都心部に向かうわけでもないバスはがらがらに空いている。

「俺がお前に、北川さんと一緒にいてほしくないからだと何度も言った」

恭一はハッキリと言ってくる。

「それって、北川さんがあの犯人で、悪いことするかも、って思ってるからだろ？　でも最近は二人きりになってるわけじゃなくて、生徒会室で仕事手伝ってるだけじゃん」

涼太が言うと、恭一は深々とため息をついた。

「……お前は、北川さんと一緒にいたいのか？」

ふと小さな声で訊かれて、涼太は戸惑った。

（一緒にいたいって……）

普通に考えて、男が男に感じる感情じゃない、と涼太は思う。確かに自分は男に抱かれていたようだが、だからといって自然に男を好きになれるわけではない。

「北川さんが犯人だろうと言うわりには、一緒にいて楽しそうじゃないか。……レイプの相手があの人なら、許せるのか？」

問われて、涼太は眉《まゆ》を寄せた。なぜ恭一がそんな言い方をするのか、意味が分からない。

「許すもなにも、まだ確証なんかないんだし。一緒にいたら、はっきりした証拠が摑《つか》めるかもしれないだろ」

「俺といるより、楽しいようだしな」

ぽつりと言われて、涼太はギクリとした。そんなことない、とは言えなかった。恭一といるより、北川といるほうが気が楽なのは確かだった。

(しょうがないじゃん……だって恭一は俺のことなんか、認めてくれないんだから)

北川には劣等感を感じないですむし、北川は涼太のことを褒《ほ》めて必要としてくれる。けれど恭一は涼太を信頼してくれていない。それを感じるのは辛《つら》いだけだ。

その時バスが赤信号で停車し、車体が揺れた。涼太が思わず恭一のほうによろめくと、恭一は涼太の肩を抱くようにして支えてくれた。体が密着して、涼太の心臓は跳ね上がった。すぐ近くに恭一の顔が近づき、一瞬、キスされるのではないか、と思った。

けれど恭一の横顔は、なにを考えているのか分からない無表情だった。その顔が涼太のほうを向き、眼が合う。

「ふらふらしてると、また右手首を痛めるぞ」

恭一は素っ気なく言ってすぐに視線を背け、涼太の体を放しただけだった。

(あーあ、なんで恭一とのキスなんか意識してるんだろ……俺)

学校に着き、生徒会役員室に入ってすぐ、恭一は教師に呼ばれているから、と出て行ってしまった。その間、パンフレットに載せる原稿の誤字脱字をチェックする仕事が与えられたので、涼太は役員室でその面倒な作業をこなしていた。

役員室にはまだ北川の姿はなく、休日のせいもあって委員の数もいつもよりは少ない。辞書を片手に原稿を読みながら、涼太はため息をついた。

(この状況、中学の時と一緒だよな……)

修学旅行の帰りに、『好きだ』と言われた時と同じだと、涼太は思った。恭一にとっては大したことではなかったのに、自分だけがあの告白を意識して悩んでいた。先日のキスのことだって、恭一にとってはどうでもいいことなのだろう。

(俺だって、なんでキスなんかしちゃったんだろ……)

もしかしたら自分はひどく尻《しり》が軽く、男とキスをしたりセックスをしたりすることに抵抗がないのではないか、とさえ、思えてきた。夢の中の自分の感じ方を見る限り、『夢の男』とセックスをしたのはあれが初めてではなさそうだ。

(もしあの犯人が北川さんなら、俺は北川さんと何回もセックスしてたってことになる)

どれだけ考えても、ただ落ち込むばかりで出口がない。北川があの『夢の男』だというのなら、早くはっきりした証拠を摑んで、事実を確かめるくらいしか今の涼太にできることはないのだ。

恭一には言わなかったが、涼太は昨夜夢の中で『男』に関する新しい情報を得た。あの

『男』には、どうやら左胸のあたりに、煙草の火傷の痕があるらしい。

（北川さんが煙草を喫《す》うか……どうやったら確かめられるかな）

「ちょっと北川、困るよそれじゃ。他校相手のホストはきみって決まってるんだからね」

ふと廊下から声が聞こえてきて、涼太は顔をあげた。ちょうど書記の椎名《しいな》と北川が、連れだって生徒会役員室に入ってくるところだ。椎名は北川になにか怒っているようだった。

「オレがやるより二宮のほうが、お客さんも喜ぶんじゃないの？　そつがないし」

「そうやってなんでもかんでも二宮にやらせちゃかわいそうだろっ、とにかく、やりたい仕事しかやらないっていうのは困るの」

「やりたい仕事っていうよりも得意な仕事だよお」

「他校交流の仕事は会長の仕事なんだから。やってね！」

北川は肩を竦《すく》めると、「文化部の準備見てくるから」とすぐに出て行ってしまった。椎名はイライラした様子で涼太のすぐ近くに腰を下ろしてくる。

「ほんと、北川にはまいるよね！」

ここしばらく様子を見ていて分かったが、生徒会で北川を説教する役目はこの椎名が負っているらしい。意外というからしいというか、恭一は副会長なのにマイペースな性格そのままに、たまに皮肉を言うことはあっても基本的には北川の仕事に口を出さない。

「恭一じゃ難しい仕事なんですか？」

「向いてるのは北川っていうのもあるけど、それよりなにより、他校での意見交換会に出てるのは北川なんだから、ホストも北川なんだよ」

椎名によると、文化祭には他校の生徒会メンバーを十数名招いており、彼らのホスト役は北川になっているらしい。北川は他校との意見交換会とやらで彼らと面識もあるそうだ。

「他校との意見交換会って、なんですか?」

「東京都の私立高校限定で、年一回、生徒会連盟での意見交換会があってね、各校から生徒会長が出席することになってんの。北川も、さすがにそれには出てくれたわけ。ついこないだ、夏休み中にあったんだ」

八月七日に、と椎名は続けた。涼太は思わず、椎名を見つめた。

「……八月、七日?」

「そうだよ。一日がかりで朝から夕方までね、八王子市《はちおうじ》であったんだ」

涼太はもう、椎名の言葉を聞いていなかった。どういうことだろう。

(八月七日って、俺が階段から落ちた日だ。俺はその直前、『夢の男』と一緒だった。でも八王子市で夕方までそんな会議に出てたら……)

涼太たちの住む地域は千葉《ちば》、埼玉《さいたま》寄りだから、山梨《やまなし》県に近い八王子市から帰ってくるとなると、電車やバスの接続がうまくいっても二時間はかかる。

涼太の古い携帯電話機に、『夢の男』からメールが来ていたのは午後五時すぎだ。けれどその日、北川は意見交換会に出ていたという。ならば、涼太が『夢の男』と会っていた時間、学校にいたはずがない。

（あれ？　『夢の男』は北川さんじゃないのか……？　まさか、だって、他に誰がいるんだよ？　体がでかくて、男を抱けて、生徒会の役員で……）

にわかに混乱してきて、北川を捜しに行こう、と涼太は席を立った。

（ちょっとだけ脱けてすぐ戻れば、俺が席外したの恭一にはばれないよな？）

気が急《せ》き、涼太は急いで役員室を出た。北川は文化部の様子を見てくる、と言っていたので、とりあえず吹奏楽部のいるだろう音楽室から回ってみようかと考え、F棟から渡り廊下を使って隣のE棟へ移った。休日の学校には、吹奏楽部の練習する金管楽器の音の他に、運動部のかけ声や、野球部のボールがバットに当たる甲高い音が遠く響いている。時計を見れば十二時ちょうどだった。E棟の階段を下りようとしたところで、涼太は後ろから「あっ、涼太」と声をかけられて振り向いた。

見ると陸上部の練習途中らしい、ジャージ姿の真鍋《まなべ》がコンビニエンスストアの小袋をさげて立っていた。

「あー、ラッキー。なあ涼太、メシ食うの付き合ってよ。俺のサンドイッチ半分やるから」

真鍋は嬉《うれ》しそうに、小さな頭を涼太の胸元にぐりぐりと押しつけてきた。

「お前、部活の練習中だろ？　なんで一人でこんなとこいんの」

「部に苦手なOBが来てさー、逃げてんの。見つからないように屋上行こうと思って。な、な、涼太。付き合ってよ」

真鍋に誘われ、涼太は断れなくなった。北川が喫煙するか早く確かめたいのは山々だったが、真鍋に付き合ってからでもいいか、と思うことにし、一緒に屋上へのぼった。E棟は唯一屋上が開放されている校舎で、平日の昼休みはそこそこ生徒がいるが、休日の今日は閑散としていた。扉を開けて出ると、十月の涼しい風の中に煙たい匂いが紛れ込んでいる。屋上には誰もいないように見えたが、給水タンクの陰にふと人影が動いたので涼太は足を止めた。

（……恭一）

涼太はその瞬間、ぽかんと口を開けた。

恭一が、屋上の金網に背を預けて座っている。立てた片膝《かたひざ》に伸ばした片腕を置き、ぼんやりと物憂げに宙を見つめているのだが、その長い指には煙草が挟《はさ》まっていた。

（……恭一。煙草、喫うのか？）

嘘だろう、と涼太は思った。全く知らなかった。

恭一はどこか、物思いに沈んで見える。いつもの無表情とは違う気だるい顔。自分の知らない恭一がいると思った。不意に胸の奥へ、得体の知れない不安がわいてくる。

もしかしたら、恭一があの『男』だ、という可能性もあるんじゃないか？

不意にその考えが、涼太の頭の中に芽生えた。

北川が煙草を喫わず、恭一が喫っているのなら、その可能性もあるかもしれない。

(北川さんが八月七日に八王子にいたんなら、レイプ犯はべつの男ってことになるし……)

それに恭一には、セックスをしていた男もいたらしい。体も大きい。胸板は頬を寄せるとみっしりと詰まった筋肉を感じる。そうだ、あの男っぽい体なら、涼太の細身を簡単に押さえつけてしまえる……。

とたん、涼太の頬が熱くなり心臓がばくばくと音をたてはじめた。

(なに考えてるんだよ、俺。そんなわけない。恭一は、俺が男に犯される夢見てるって、知ってるんだから)

「り、涼太。まずい、まずい。こっち来てっ」

その時横にいた真鍋が小声で慌て、涼太の制服の裾《すそ》を引っ張ってきた。真鍋に急かされて、出てきたばかりの扉の陰に戻る。

「どうしたんだよ?」

「いや、ちょっと雰囲気的に、今行ったらまずそう……」

真鍋の言う意味が分からず視線を戻した涼太は、息を詰めた。恭一は一人ではなかった。給水タンクが邪魔ではっきりとは見えなかったが、すぐ横に女子生徒が座っていた。長い髪が、時折風にはためいているのが見える。それは同学年の桜井《さくらい》という女子生徒だった。一年生の時、涼太は同じクラスだったので何度か話したことがある。彼女は恭一になにか話しかけ、恭一は

それに答えている。やがて桜井は白く細い手で恭一の胸を押さえ、上半身を乗り出した——。

涼太は一瞬、目の前が暗くなるように感じた。

(キスした……)

恭一が、女の子とキスをした。キスをされた恭一はすぐに彼女を押しのけ、携帯灰皿に煙草を消している。

「涼太、まずい。恭一こっち来ちゃいそう。逃げようぜっ」

真鍋が焦った様子で、涼太の手を引っ張ってくる。涼太は半分上の空で、真鍋に急かされるままその場を離れた。

(……キスしてた。恭一が、女の子と)

口の中がからからに渇き、頭の奥がガンガンと痛みはじめていた。涼太は混乱していた。心臓が早鳴り、どうしてかひどく痛む。自分はなににショックを受けているのだろう。

「ひゃー、桜井ってまだ恭一のこと好きだったんだ。知らなかった。別れた後も一方的に迫ってるって噂《うわさ》は聞いてたけど、すんごい根性」

屋上から一階まで降りてきたところで、真鍋が素っ頓狂な声をあげて感心した。涼太はぎくりとして、立ち止まった。

(別れた？　別れたって言ったのか、今？)

「……真鍋、桜井って恭一と、付き合ってたの……？」

「え？　お前例の、軽い記憶喪失？　付き合ってたじゃん、一学期の五月頃。すぐ別れたけど！　今まで誰に告《コク》られても断ってた恭一がさあ、珍しいって噂になって……」

知らない――。覚えていない。そして恭一も、話してくれなかった。涼太は呆然《ぼうぜん》として、真鍋の言葉を聞いていた。

「お前、軽いって言ってたけどこれも忘れてんなら、結構深刻な記憶喪失じゃないの？　あの頃、それで涼太、恭一とケンカしてたじゃん」

「ケンカ……？」

「桜井がさ、最初は涼太が好きだって噂があったのも覚えてない？　でもすぐ恭一と付き合いだして……あぁガセだったんだーって笑ってたら、お前と恭一ケンカしちゃって。だからみんな、涼太のほうが桜井好きだったんだって……え、まじで覚えてないの？」

最初笑っていた真鍋が、いつまでも表情を崩さない涼太を心配したのか、顔を曇らせて訊いてきた。涼太は我に返り、笑顔を作った。

「いや、なんとなくは覚えてんだけどさ。びっくりした、今もまだ付き合ってんのかと思ったから……」

適当にごまかしながら、けれど涼太は心臓の音がおさまるどころかさらに早鳴るのを感じていた。中庭のベンチで真鍋の昼食に付き合っている間も、ほとんど上の空だった。

真鍋と別れ、生徒会室へ戻る前にせめてなにか飲み物でも飲んで落ち着こうと自販機コーナーへ寄ると、北川が地面に段ボール箱を置き、ジュースを買っているところだった。

「あれ、水沢。休憩？　ちょうどよかった、水沢はなにが飲みたい？」

見ると、北川は地面に置いた段ボール箱へ大量のペットボトルを入れていた。

「顧問の井上《いのうえ》先生から資金もらったんだ。今日来てるメンバーに差し入れだってさ」

陽気な調子で言いながら、北川が自動販売機へ千円札を押し込む。北川はいつでも楽しそうだ、と涼太は思った。椎名は困ると言っていたが、北川はどんな時も自分の好きなように生きているのだろう。その自由さが、この明るさになって表われているのかもしれない。

（こんな人が、本当にあんなに強引に、俺をレイプしたりするのか……？）

北川の明るい横顔を見ていると、涼太には分からなくなった。

「あの……」

と涼太は小さく、切り出した。

「北川さん、恭一に彼女がいたって、知ってました？」

「ああ。五月に付き合ってた子？　すぐに別れたらしいね」

北川は知っていたらしい。おかしそうに言われて、涼太はこくりと息を呑《の》んだ。

（やっぱり、真鍋が言ってたのは本当なんだ。……彼女がいたのに、男のセフレもいたのかよ？　どういうことだよ、意味分かんない）

涼太は混乱し、押し黙った。

（本当に別れたのか？　今はなんでもないのかよ……？）

「それ、どうして知ったの？　水沢は前も、そのことで悩んでたけど」

北川が首を傾《かし》げて訊いてくる。涼太は眼を瞠《みは》った。

（あの頃も悩んでた……？）

頭の中に、古い携帯の履歴が蘇《よみがえ》った。涼太は北川に毎日のように電話で、なにを話していたのだろう。もしかして、恭一の彼女のことも話していたのだろうか。

（なに？　俺が、一体なにを悩んでたって……？）

北川が自動販売機のボタンを押し、大きな音をたててペットボトルが落ちてきた。

「……北川さんて、煙草喫います？」

涼太が訊くと、北川は首を傾げた。

「喫わないよ？」

頭の奥が、鈍く痛む。胸にじわじわと不安がわいてくる。崖《がけ》と崖に渡された不安定な吊り橋《つりばし》の上に立ち、始終グラグラと揺すられているような気持ちだった。『夢の男』のことだけじゃない、なにかもっと大事なことを、自分はいくつも忘れていると、涼太は思った。

（……恭一は煙草を喫ってた。何ヶ月も経《た》ってもう消えてるかもしれないけど、恭一の左胸に煙草の痕があるか、確かめられたら）

恭一のはずはないと思いながら、けれどどうしてか、涼太はそれを確かめたくなった。自分の知らない恭一を知って、涼太は戸惑っている――。

だんだん気分が悪くなってきて、涼太は口元を押さえた。

「水沢、ほら、飲むだろ？」

ふと見ると、北川がウーロン茶のペットボトルを投げてくる。とっさに受け取ろうと手を伸ばした涼太は、目眩《めまい》を覚えた――吐き気がして一瞬眼の前が眩《くら》み、そして、手を滑らせた。

「あ、痛……っ」

涼太は小さく叫び声をあげた。ペットボトルを受け取りそこね、涼太は勢いよく右手をひねっていた。そのまま、一度折れた右手首に激痛が走った。

ペットボトルが地面に落ちる。吐き気がひどくなり、涼太は痛む右手を押さえると、その場にへなへなとしゃがみこんだ。北川が驚いた声をあげる。脳裏を何度もよぎっていくのは、屋上で煙草を喫っていた恭一、桜井とキスをしていた恭一の、見知らぬ横顔だった。

暦は今年の五月だった。

まだ記憶を失う前のその日、涼太は恭一の家を訪れていた。恭一の母親は海外出張中だと言う。二人きりのリビングは、どこかガランとして広く感じた。小さな頃から、恭一の家には物が少なく殺風景で、そこには家族の匂いがしなかった。

「コーヒーでいいか?」

恭一はリビングから一続きになっている台所で、コーヒーを淹《い》れてくれている。涼太はいつもミルクをたっぷり入れるが、恭一はそのこともちゃんと知ってくれている。

その日の涼太は不機嫌で、怒っていた。

去年の今頃陸上部を辞めてから、涼太は部活の練習があるという恭一に、「下校時間が合わないから」と断って、あまり家に遊びに来ないようにしてきた。少しずつ少しずつ、離れられるところで離れるようにして、一年。それなのにその日の涼太は、自分から恭一の家へ押しかけたのだった。

「……あのさあ、噂で聞いたんだけど」

リビングまでコーヒーを運んでくれた恭一に、涼太は迷いながら切り出した。恭一はなにも言わず、涼太と並んでソファに腰掛け、続きを待っている。

「お前が、三組の桜井と付き合ってるって、本当なのか?」

どうしてか訊く声が上擦《うわず》り、涼太はカッと頬が赤らむのを感じた。その噂はつい最近、クラスメイトの誰からか聞いた。

『そういや桜井ってお前が好きだって噂だったけど、二宮と付き合ってるんだな』

——知らなかった。

桜井が自分を好きだとかいう、多分ガセネタに近い噂も知らなかったが、恭一が桜井と付き合っていたことも知らなかった。涼太はなぜか、恭一が女の子と付き合ったことに、得体の知れない嫌悪を感じていた。

数日間悶々《もんもん》と悩み、今日やっと決意して恭一に時間をもらったのだ。

「……ああ、知ったのか」

しかし意を決して訊いた涼太とは反対に、恭一はどうでもいいことのように淡々としていた。その態度に、涼太は怒りとも悔しさともつかないぐちゃぐちゃした感情が、腹の底からわいてくるのを感じた。なんで言ってくれなかったんだという思いと、もう一つは、裏切られたような気持ちだった。

「だって恭一は……男が好きなんじゃないのかよ」

気がつくと、そう言っていた。吐き出すような口調で。恭一が、手に持っていたコーヒーをテーブルに戻す。

「……ち、中学の頃はっ、俺のこと、好きだって言ってたろ！　てっきり、男が……好きなのかって思ってたのに」

違う。本当はあの『好き』も、恋愛感情かどうかさえ、自信がなかった。ずっとそれを確かめたくて、でも確かめられず、恭一の真意を疑ってきた。けれど陸上部を辞めてからは、とても訊けなくなった。きっともう、好かれていないと思えたからだ。

「あのこと、覚えてたのか。お前」

恭一は、まるで独り言のようにぽつりと呟《つぶや》いた。その言葉に、涼太は声を失った。

(覚えてたのかって……覚えてるに決まってるだろ？)

どうして恭一が、涼太が忘れていると思ったのか分からなかった。

「あれは、もう二年も前のことだろ」

恭一は、いつもの淡泊な調子で言った。

「昔のことだ」

昔のこと。

涼太は恭一のその一言に、傷つけられるのを感じた。たった一瞬で、たった一言で、心臓を一突きに刺されたような気持ちだった。

(お前にとってはやっぱり、その程度のことだったんだ――)

だから返事は要らなかったのか。

「いつまでもそのままじゃなと思ってたから、付き合ってみたんだよ」

告白してきたのは桜井だったという。接点なんかなかったくせにと言うと、桜井はソフトボール部で、お互いに部活が終わる時間が重なっていたんだと聞かされた。なんとなく話しかけたのは恭一からで、そのうち、何度か一緒に下校した。五回目に下校が重なった日、告白されて、オーケーした、と。

「そんなこと、俺、知らなかったけど……」

「言う必要ないだろ？　お前は俺に興味がないんだし。第一、お前とは一緒に帰ることも減ったろ」

興味がないのはそっちだろう、と涼太は思った。胃の奥が引き絞られたように痛んだ。

(俺が陸上部辞めた後も、一度だって……引き留めてくれなかったくせに……)

引き留めてくれなかったのは、自分に関心がないからだと涼太は思った。

「お前って結構……いい加減だな」

悔しさから、涼太はつい口走っていた。恭一が、わずかに眉を寄せる。文句を一言口にしたとたん、どす黒い感情が胸の中に溢れでる。

「好きでもないのに付き合ってんだろ？　桜井がかわいそうじゃん、大体お前、好きでもないのにセックスすんの？　できんのかよ！」

ひどいことを言っている自覚はあった。自分の口に、止まれとも思った。けれど止められなかった。ただ恭一に言わせたかったのだ。

(桜井と、別れるって言えよ――！)

不意に恭一が腕を伸ばした。涼太は胸倉を摑まれ、無理矢理ソファに背を押しつけられる。殴られる、と身を竦めたが拳《こぶし》は落ちてこず、かわりに恭一の端整な面が、眼の前にあった。その顔は怒っている。眉をつり上げ、切れ長の瞳にぎらぎらとした怒りを溜《た》め、睨《にら》みつけてくる恭一を、涼太は同じように睨み返した。

「セックスできるよ。男だからな」

吐き捨てるように、恭一が言った。

「男だから、触られれば勃《た》つし、好きじゃなくてもセックスできる。どんなにきれいなこと言っても、若いんだ、簡単に反応して誰とでもセックスできる――お前とだって」

（……俺のことが好きじゃなくても？）

訊きたい。けれど訊けない。胸の奥に鋭い棘《とげ》が刺さっているような痛みが、ずっと続いていた。眼の前の、この男は誰だろう？

泣くのをこらえて、涼太は恭一を睨みつける視線に力を入れた。

七

眼が覚めた時、涼太《りょうた》は泣いていた。

心臓がつぶれそうなほど悲しくて、涙はあとからあとから溢《あふ》れ出た。

そこは自室で、涼太は制服のままベッドで寝ていた。起き上がると立てた膝の上に顔を突っ伏し、涼太は嗚咽《おえつ》を漏《も》らした。

（今見た夢は……いつもの、男に抱かれる夢じゃなかった。でも……）

現実にあったことだと、涼太は気がついていた。見た夢の内容は克明に覚えている。まるでつい昨日あったことのようだ。恭一《きょういち》が桜井《さくらい》と付き合いはじめたのは五月——涼太が臨時委員になった直後だった。噂を知って、恭一を問い詰めた記憶を、涼太は夢に見たのだ。

——昔のことだ。

恭一は涼太に告白した過去をそう言って切り捨てた。その言葉が何度となく耳に蘇り、そのたび、胸が痛む。どうしてこんな気持ちになるのか、分からない。ただ分かっているのは、五月のあの日、本当に恭一にそう言われた時にこそ、涼太は泣きたかったのだ。

（恭一にとって俺って、なんなんだろう……）

涙を拭《ぬぐ》って顔をあげると、カーテンからはうっすらと昼下がりの光が射しこんでいた。

学校で気分が悪くなり、右手も痛めた涼太は、北川《きたがわ》に言って早退してきた。恭一に言われた仕事はやらなければと思ったので、持ち帰っているが、吐き気がひどかったので少しだけでも休もうとベッドに倒れた瞬間、寝てしまったらしい。

立ち上がって机上を見ると、持ち帰ってきた原稿の束がそろえて置いてある。簡単な部屋着に着替え、涼太はそれを持って階下へ下りた。

涼太の携帯電話には母親からのメールが届いており、祖母に付き添って病院に行ったこと、祖母は左足首を捻挫《ねんざ》しているだけだが心配なので美保子《みほこ》も一緒に今夜は泊まると書いてあった。リビングのテーブルに、千円札が三枚と宅配ピザのチラシが置いてあった。

やり残した仕事をやろうとパンフレットの原稿を広げてみても、集中できなかった。右手首もまだ痛い。窓の外からぱらぱらと雨の音が聞こえ、見ると、にわかに小雨が降り出している。と、玄関でインターフォンが鳴った。

「……恭一」

玄関扉を開けた涼太は、眼を丸めた。小雨に濡《ぬ》れて、恭一が立っていた。時間はまだ三時を過ぎたばかりで、本当なら、副会長の恭一は仕事が残っているはずだ。

「北川さんから、お前が倒れて早退したって聞いて……。入っていいか」

訊かれて、涼太はなにも言えずに黙り込んでいた。頭の隅に、屋上で煙草を喫い桜井とキスをしていた恭一の姿ばかりが浮かんでくる。しかし恭一は、涼太の横をすり抜けて勝手に部屋にあがりこんできた。コンビニエンスストアで買ってきたらしいヨーグルトやゼリー、栄養ドリンクのいっぱい入ったレジ袋をリビングのテーブルに下ろすと、恭一は涼太がそこに広げていたやりかけの仕事を見つけたようだった。

「これ、持ち帰ってやっててくれたのか？　無理しなくていいのに」

そう言うと、勝手に片付けようとする。涼太は慌てて、恭一から原稿を奪った。

「俺の仕事だよ。これくらいできる」

また仕事を任せてもらえないのがいやで、涼太は原稿をテレビボードの上に置いた。恭一は肩を竦めて台所へ行くと、なにも言わずに湯を沸かし始めた。カウンター越しに見える恭一の横顔を、涼太はちらりと盗み見た。いつもと変わらない、端整な無表情だ。

「……恭一、今日ってずっと生徒会室いなかったけど、どこいたんだよ」

涼太が訊くと、恭一は「C棟の応援」と答えてくる。

「業者が来てたから、その打ち合わせ」

「……それってずっと？　お昼も応援にいたってことか？」

「そうだよ。それがどうかしたのか？」

恭一は不思議そうに訊き返してくる。涼太は耳の裏から、血の気がすうっと下がり、体が冷えていくような気がした。恭一に、嘘をつかれた、と思った。

(こいつ、こんな顔して嘘つくんだ……)

その衝撃は静かだったが、深く重く、涼太の胸にのしかかってきた。いたって普通の顔、波一つたたない無表情で、恭一は嘘をついた。もしも屋上にいた恭一を見ていなかったら、涼太はあっさりと信じただろう。

十七年間このかた、涼太は恭一に嘘をつかれたことはないと思っていた。

(いや、中学でいじめられてた時も、恭一は言わなかった。あれだって、ある意味嘘だ)

カウンターの向こうで、やかんがしゅんしゅんと音をたてはじめる。恭一がコーヒーを淹れてくれたようで、キッチンから香ばしい香りが漂ってきた。

「具合はどうなんだ？　起きててしんどくないのか？」

恭一は、涼太の分もコーヒーを持ってリビングに戻ってきた。涼太は「大したことない」とそっぽを向いた姿勢で答える。涼太の横に腰を下ろすと、恭一は大きな手のひらで涼太の額の熱をはかってきた。たったそれだけのことで、涼太は心臓が跳ねた。

「大したことないってば」

恭一の体が近い。空気を通してその体温まで伝わってくるようで、気まずくなる。涼太は肘《ひじ》で恭一を押しのけようとしたが、その涼太の右手を、恭一がとった。今日不用意に痛めたせいで、右手首は赤くなっている。恭一は眉を寄せ、苦しそうな顔になった。

「……ごめん。そばを離れなきゃよかった」

言われた言葉に、動揺した。心臓が早鐘を打つように速くなり、頬に熱がのぼった。

(こんな言葉だって、しれっと嘘で言えるようなヤツなのかもしれない)

どんどん、恭一が分からなくなる。

「俺……ガキじゃないし女の子でもない。そばにいてほしいとか、思ってない。お前は甘やかしすぎなんだよ」

(俺のこと、もう好きでもないくせに)

そのくせ優しくする恭一の本心が分からない。きっとただ、幼なじみだという理由だけなのだろう。

「甘やかしてなんかない」

涼太が顔を背けると、恭一は小さく笑ったようだった。どこか自嘲するような笑みに、涼太はもう一度恭一に視線を戻した。

「これでもかなり我慢してる。涼太は俺に優しくされるのが、嫌いだろ? ——北川さんや真《ま》鍋《なべ》や、他の人からはいいみたいだけどな」

恭一の言葉は、涼太には意識さえしていないことだった。

(……優しくされる理由がないからだろ? 俺はそれより、頼られたくて……)

けれど口にできずにいると、恭一がじっと見つめてきた。

「お前は……北川さんのこと、好きなのか？」

　突然訊かれ、涼太は眉を寄せた。

「な、なんで？」

「『夢の男』は、北川さんだと思うんだろ。北川さんが、いいからだろう。だから躍起になって証拠を探してるんじゃないのか。今日だって、二人きりでいたらしいしな」

「いたら悪いかよ、俺がレイプ犯探してるのお前知ってるだろ。俺がどれだけ……っ」

　恭一の責めるような言葉に、涼太は反論する。

「お前なんか、俺が相談して打ち明けても、全然協力してくんないじゃんか！　どうせお前は、本当は俺がどうなってても関心ないんだよ……っ」

　それどころか、涼太が忘れているというのに、彼女がいたことも隠していた。教えるまでもないことだから？　しかし涼太には、そうは思えなかった。

（まだ付き合ってるんじゃないの？　なんかやましいことがあるんだろ……？　だから言わないんだ。セフレだった男っていうのも……どこにいるんだよ。誰なんだよ）

　訊いてどうするのだと言われたら、分からない。自分の記憶とはきっと関係がないはずなのに、涼太は今では自分のことと同じくらい、恭一のことを知りたかった。

（お前がなに考えてんのか、俺には全然分かんないよ――）

　けれど本当は昔から、自分は恭一のことなんてなにも知らなかったのかもしれない。それが死ぬほど悲しく、悔しい。

(離れようとしてたのは、俺のほうなのに……)

それなのにどうしてこんなに苛立《いらだ》つのだろう。ふと、恭一が涼太の顔を覗《のぞ》き込んだ。

「……涙の痕がついてる。泣いてたのか?」

大きな手の甲でそっと頬をなぞられて、涼太は息を止めた。

「お前が記憶を失くしたのは、忘れたかったことがあるからじゃないか? そんな記憶を思い出しても……多分、辛いだけだ。失った記憶なら、ないほうがいい。俺はそう思う」

どういう意味だ。思わずじっと見つめ返す。恭一の視線と、自分の視線が絡み合う。不自然な沈黙が流れ、眼を逸《そ》らせなくなった。不意に胸が大きく鼓動する。その音が聞こえるかもしれないと疑うくらい、恭一の顔が間近にある。恭一がきくん、と太い喉《のど》を動かすのが見え、涼太は眼を閉じようとした。しかし恭一はハッとしたように視線を解き、不自然なまでに素早く顔を背けた。

「さて……夕飯にピザでもとるか?」

そう言うと恭一は立ち上がり、涼太は肩すかしを食らったような気分になった。

(……桜井とはキスしたくせに、俺とは、しないのかよ)

胸の奥に、またもやもやしたものがわきあがった。どうしてこんな気持ちになるのか分からず、涼太はもう、考えないことにしようと思った。考えねばならないことは他にいくらでもある。なによりも今は、『夢の男』探しが最優先だ。

（そうだ煙草の火傷の痕……もしかしたら、恭一にあるかもしれないんだ）

まさかと思いながら、それでもなぜか涼太にはその可能性が捨てきれなかった。何ヶ月も経っているのだから痕なんて消えているだろう。しかし恭一の左胸に痕があれば……。

（恭一が俺を抱いていたって、考えることができる……）

どうにかして恭一の左胸を確かめたいが、どうすればいいのか。

考えても、結局いい案が浮かばないまま時間だけは刻一刻と過ぎ、涼太は恭一と二人でピザをとり、夕飯をすませた。その頃にはもう、外は暗くなっていた。雨はまだやんでおらず、外からはぱたぱたと水音が響いていた。

「涼太、風呂《ふろ》沸かしておいたから入れ。右手首の関節を軟らげておいたほうがいい」

夜も更けた頃、恭一がおもむろに立ち上がった。風呂と聞いた瞬間、涼太はとっさにひらめいて、口を開いていた。

「恭一……悪いけど、風呂入るの手伝ってもらえない？　み、右手が痛くて使えないから」

いつもならこんなことは絶対に言わないはずだが、その時はそれしかないと思ったのだ。風呂に入るのを手伝ってもらえれば、恭一は自然とシャツを脱ぐはずだ。

恭一はどこか戸惑ったような顔で「……いいのか？」と訊いてくる。

「なにがだよ。だめか？」

恭一は「いや」と曖昧《あいまい》な返事ながら了承してくれ、涼太は思惑がかなったことに一応ホッとした。ところが、喜んだのもつかの間だった。

「じゃあ頭から洗うか？」

涼太が腰にタオルを巻いただけの格好で風呂イスに座っていると、恭一はシャツとズボンを着たままの姿で浴室へ入ってきた。

「恭一、濡れるだろ？ シャツくらい脱げば？」

「どうせこの後帰るだけだ。ちょっとくらい濡れてもいい」

恭一はあっさりした態度で、ズボンの裾だけを折り曲げる。

「でも、濡れるとさ……えっと、風邪ひくだろ？」

「そこまでやわじゃない。頭、濡らすぞ」

いつもの淡々とした態度で切り返され、涼太はそれ以上なにも言えなくなった。恭一の行動と会話には常に無駄がなく、一度こうだと思ったことは簡単に翻《ひるがえ》さない。

（……昔の俺なら、風邪ひくからシャツ脱いで、って言い張っても自然だったろうけど）

今の涼太はそこまで素直にわがままを言えない。これ以上脱げと言うのは不自然だった。

頭にシャワーの湯をかけられ、素肌に水滴が転がってきて、涼太は自分だけ裸なことが急に気恥ずかしくなった。火傷を確かめることに頭がいっぱいで、恭一に裸を見られることを忘れていた。涼太はうつむき丸めた背を恭一に向ける。恭一はなにも意識していないのか、涼太の頭にシャンプーをつけてくる。しかしその手つきときたらお世辞にも器用とは言えなかった。

「痛い！　もっと優しくして。あと、普通手で泡立ててから頭につけるだろ？」

がしがしと頭をこすられて、涼太は思わず怒鳴った。後ろで恭一が「悪い」と言い、手から力を抜いてくれた。やっといい塩梅になり、涼太は「そのくらいで」と注文した。すると、背後の恭一がおかしそうにふっと笑う気配があった。

「……お前はこういうこと、得意だったな。昔、一緒に入って洗ってもらったことがある」

そうだったっけ、と涼太は思った。中学生までは恭一の母親が出張でいないと知ると、しょっちゅう互いの家に泊まり合っていたからそういうこともあったかもしれない。あの頃の涼太は恭一が一人ぼっちで家で過ごしていることを想像すると、たまらなく淋《さび》しく思えたのだ。

「そういうよく気づいてくれるところが……一緒にいて、ラクだった」

そっと言う恭一に、涼太は黙り込んだ。そんなに気づいていた覚えはない、と思いながらも、どことなく嬉しいような気持ちになる。シャンプーを流してもらい、毛先にリンスをなじませてもらうと、ほのかな香りが湯気の中にふんわりと漂う。優しい手つきにだんだん恥ずかしさが薄れ、湯の温かさもあいまって涼太は気が緩んできた。ふと、恭一が寝ていたという男に、どんなふうに触れていたのかな、と涼太は思った。

（桜井にも。セフレの男にも……恭一って、こんなふうに触れてたのかな……）

「……恭一さ、なんでセフレの男とは、今はもう寝てないんだ？」

ふと訊《たず》ねたら、一瞬だけリンスをつけてくれていた恭一の指が止まった。しばらく返事がなく、やがて淡々とした声で「フラれた」と返ってきた。

「……フラれたって、恭一が？」

涼太は思わず、大きな声をあげた。意外だった。恭一がフるならまだしも、相手がフっただなんて思っていなかった。

「そんなに驚くことか？」

背後で、恭一が小さく笑うのが分かった。

「だってさ……お前って男からもモテそうなのに。なんで？」

恭一はしばらく黙っていたが、やがて「俺が悪かったからだよ」と答えてきた。

「大事にできなかったからな……」

言葉少ななその声に、寝ていたという男への思慕が淡くにじんで聞こえ、涼太は胸が詰まった。

「……好きだったの？　そいつのこと」

「――もう終わったことだから」

涼太の質問に、恭一は静かに返してくる。けれど涼太は、恭一はその男が好きだったんじゃないか、と思った。

（どんなやつだったんだろう……）

同じ学校の男だろうか。年上だろうか、年下だろうか。きれいな顔なのか、普通なのか、背は高いのか低いのか。涼太にはまるで予想もつかなかった。けれど恭一が選んだのだから、きっとたくさんの長所を持っているのだろうと思った。

(俺って本当に、恭一のことなんにも、知らなかったんだなあ……)

「さて。じゃあ体を洗うぞ」

恭一がスポンジに石けんを泡立て始めたが、涼太はもういいよ、と断った。恭一のシャツを脱がして火傷を確かめてやろうという気は、すっかり失せていた。今は一人になりたい。どうしてか、恭一の顔を見たくなかった。

「ここまで洗ったら同じことだ」

しかし恭一はそう言って譲らず、背中を擦《こす》ってくる。やがて恭一の手が前に回ってきて、涼太は息を詰めた。泡でぬるぬるになったスポンジが、乳首の上をかすめたのだ。とたん、乳首から前の性器の先端までもどかしく甘い刺激が走り、涼太はぴくんと肩を揺らした。

(あ……、な、なんでこんなところ)

乳首は敏感にたちあがり、スポンジの端が触れるたびに微かな快感を伝えてくる。ここは夢の中で『男』につままれ、捏《こ》ねくられ、引っ張られて吸われ、敏感な性器となってしまっている場所だ。けれど涼太がそこを弄《いじ》くられてよがるのは、夢の中だけのことだった。それが――今は現実に、刺激を受けて反応している。

とたん、夢の中で何度も味わってきたうずくような快感が、ぞくぞくと涼太の記憶に蘇ってくる。濡れたタオルの下で性器が膨《ふく》れ、涼太はもぞっと太ももを動かした。

（あ、どうしよ……やばい……）

涼太はまっ赤になり、「も、もういい」と声を上擦らせた。

「ま、前は自分で洗う。お前もう、出てけよっ」

後ろにいる恭一に、こんな恥ずかしい姿を気づかれるわけにはいかない。なるべく自然に追い払おうとしたが、恭一は「いいから」と要らない親切心をみせてくる。

「ほら、俺にもたれてろ……」

恭一は片手で涼太の胸を押さえ、ぐいっと後ろに倒してきた。石けんで濡れた長い恭一の指が、つき勃った乳首へ直《じか》に触れた。

「ひゃあ……っ」

とたん性器の先に甘い快感を感じ、涼太は喘《あえ》いでしまった。背後の恭一が動きを止める。

涼太はハッとなった。恭一が涼太の肩口から、股間《こかん》の方をまじまじと覗き込んでいる。

涼太の股間では、屹立《きつりつ》した性器が腰に巻いたタオルを押し上げている。白いタオルは濡れて性器に張り付き、先端の桃色をうっすらと透かしていた。それがとてもいやらしく見え、次の瞬間、涼太は全身まっ赤になって体を前のめりにした。

「ば、バカ！　出てけよっ」

——見られた。恭一に、見られた。死にたいくらい恥ずかしかった。きっと気持ちが悪いと思われただろう。乳首に触れられて勃つなんて——しかも男の自分が。そう思うと情けなくて、眼尻《めじり》に涙まで浮かんでくる。

その時、恭一の手が肩にそっと触れてきた。

「……恥ずかしがるようなことじゃない。男なら、触られたら勃つ」

恭一の声は、穏やかだった。優しい響きに気持ちが緩んだその瞬間、恭一が涼太の腰へ手を這《は》わせてきた。

「ん、あ、恭一、ちょっと……あ」

「……いやか？」

訊いてくる恭一の声は、微かに上擦っていた。不意に肩を引き寄せられ、恭一が上から涼太の顎《あご》を摑んで上向かせてくる。気がつくと、キスをされていた。

出しっぱなしのシャワーから温かな湯が降りかかる。

唇をついばまれた後、熱い舌に下唇をなぞられ、唖内《こうない》へ侵入される。

「……ん、ん……、あ」

頭を抱かれ、涼太はかくんと首を仰《の》け反《ぞ》らせた。唇が深く合わさり、ちゅく、ちゅ、と水音がたつ。なけなしのプライドが邪魔をして、抱きつくことはできない。すがりつくことも。けれどやめてとも言えない。

キスの合間にじっと涼太を見つめてくる恭一の黒い眼の中に、いつもは見ない情欲の片鱗《へんりん》を見つけたような気がした。刹那《せつな》、涼太の背にはぞくりとしたものが走った。

恭一は空いた両手で涼太の喉仏を撫で、鎖骨をたどってくる。二つの乳首をくいっとつままれ、涼太は「あっ」と高い声をあげてしまった。

「……涼太、ここ、感じるのか?」

「あ、ばか、やめろ……っ、あ……っ」

恭一が、後ろから涼太の乳首をくにくにと撫でる。

「あ……、あっ、あっ」

自分のものとも思えない甘い声が出て、しかもそれが風呂場に反響して聞こえ、涼太はますます顔を赤らめ、恭一の顔を押しのけようと左手をあげた。けれど恭一は、大きな口でその手を甘く噛《か》んできた。唾液《だえき》でべとべとになるほど指を舐《な》められ、涼太は震えた。

「あ……あ、だめだって……あっ」

腰の下に熱く血が集まり、性器の先端が濡れ始めるのを感じた。しとどに濡れたタオルがべっとりとその竿《さお》に絡みつき、時たま跳ねてくるシャワーの水滴にさえ感じて、性器はぴくんぴくんと揺れている。

(あ、どうしよ……やばい……や、やだ)

涼太は焦り、なんとか逃げようと身をねじった。しかしすぐに胸を抱き込まれ、気がつくと

風呂場のタイルに横向きに寝かされて、その上から恭一に覆い被さられた。

「涼太、恥ずかしがらなくていいから。大丈夫だから……ほら、こんなに大きくなってる」

「ひゃ、あ……っ」

濡れたタオルの上から性器を握りこまれ、涼太は大きく喘いでしまった。腰がひくん、と揺れる。もう一度ぎゅっと握られると、涼太は甘く鳴きながら腰をあげてしまった。

「……大丈夫、抜くだけだ。右手が使えないんだろ？　だから溜まってるんだろう。いやだったらやめる。だから大丈夫……」

耳元で囁《ささや》きながら、恭一は分厚い舌を涼太の耳の穴へ差しこんでくる。背に走る悪寒のようなものは、もう止まらなくなった。

「……恭一、あ……そこ、いやだ、くすぐった……」

耳を何度も舐められて、涼太は顔をまっ赤にして抵抗した。

「お前……感じやすいな。可愛《かわい》い……」

吐息まじりに言われ、涼太は泣きそうになった。

「……バ、バカッ、やだ……ッ」

しかし性器を指の股に挟まれて撫でられると、涼太は呆気《あっけ》なく陥落した。

「あっ、あ……」

ぷっくりとふくれた乳首も、同時に弄くられる。とたん快感が増し、腰が自然と揺らめいてしまう。濡れたタオルは結び目が解け、張り出した性器へぐっしょりと張り付いて腰にとどまっていたが、恭一のほうへ向けた尻は無防備にさらされてしまっていた。

「……こんなに濡らして、相当溜まってたんだな。きつかったろ？　もう大丈夫。ほら、見てみろ。タオルが、涼太のやらしいものでぐっしょりだ」

恭一は涼太の性器にかろうじて絡まっていただけのタオルをとると、片手でぎゅっと絞ってきた。絞られたタオルからはとろりとした液体が溢れて、風呂場のタイルを汚す。普段しゃべらないくせに、こんな時だけどうしてこんなに恥ずかしいことをべらべらとしゃべるのだろう。

涼太は羞恥《しゅうち》でまっ赤になった。

「へ、変態……ッ、バカ……あっ、あ……、んっ」

竿を握られ、先端を手のひらのくぼみに包まれて撫でられる。えもいわれぬ甘いものが腰に響き、涼太は力が抜けた。

その時、尻の狭間《はざま》になにか硬いものがかすめた。とたんに、涼太は息を呑んだ。

（恭一の……勃ってる）

当たっているのは恭一の杭《くい》だった。それは反応し、すっかり大きくなっている。恥ずかしさとは違う、べつの熱が頬にのぼってくる。嫌悪感はなかった。気持ち悪いとも思わなかった。かわりに、体の奥にある芯《しん》のようなものがうずうずとうずくのを感じた。尻の狭間にある小さなつぼみが、きゅうと蠢《うごめ》く。

「あ……っ」

尻が揺れ、恭一の屹立に露《あら》わになった後孔《こうこう》が擦れた。その瞬間、入り口がひくひくと物欲しげに蠢いて、涼太は震えた。

（お……俺、中が動いてる……っ）

自分の体なのに、勝手に感じている。あの夢はやはり現実だったのだ。男に抱かれたことがなければ、こんなに反応するはずがない。いやだと思うのに、性器を擦られ乳首をつままれるたびに後孔がひくつき、中が物欲しくうねっている。

「あ……んっんんっ、ん、ふ、はぁ……っ」

風呂場に濡れた声が響く。揺らめく腰も止められない。感じれば感じるほど、つぼみの奥が物足りなくなってくる。

（中……、中、触ってほしい……っ）

一瞬我を忘れて、涼太は恭一の性器へ尻の狭間を押しつけていた。入り口の肉が、恭一のズボンの下にある、硬いものを欲しがって伸縮した。その刹那、恭一が動きを止め、すぐ耳元で息を呑む気配があった。

「お前、後ろ、触ってほしいのか……？」

そっと訊かれて、涼太は熟《う》れた頰をますます染め、「ちが……っ」と声をあげた。しかし恭一は、後孔の入り口へひたりと人差し指を押し当ててくる。

「さっきからここが、動いてるのに……?」

「ちが……、あ、やめろ……っ、あっ」

くに、と入り口を押されたとたん、甘い声が漏れた。尻が動き、後孔の肉がひくんと和らいで恭一の指の腹を挟むのが分かる。恭一はすぐさま涼太の先走りを指にすくい取り、指の先っぽを少しだけ中へ入れてきた。

「あ……、あ、あ……」

「痛いか? それとも……気持ちいいか?」

「あ、だ、だめ……」

涼太はぎゅっと眼をつむった。恥ずかしさで死んでしまいそうだった。ほんの少し入れられた指を後ろがきゅうっと締めつけ、しかしそれでは足りずに中へ誘うように吸い込む。

「……気持ちいいんだな。可愛いな」

「ち、違う……っ、あっ!」

不意に、恭一の指が深く潜ってくる。刹那、涼太の背に甘い痺《しび》れが走った。

「あっ、ああっ……、あ……っ、や、だめ」

「……一本じゃ足りないか?」

まっ赤になって仰け反る涼太を見てか、どこか興奮した、かすれた声で、恭一が呟く。中で指を回転させられ、涼太の全身がびくびくと震えた。指はすぐに二本に増やされる。前は触られていないのに、萎《な》えるどころかよけいに勃ってとろとろに濡れている。後ろだけで感じている――。記憶にはないのに、体にはしっかりと刻み込まれている『夢の男』の痕跡《こんせき》を、涼太は強く意識した。あの夢の中でも、こんなふうに蕩《とろ》かされて、抵抗ができなかった……。

中で指を鉤状《かぎ》に曲げられると、いいところに当たって腰ががくがくと揺れた。

「涼太のここ、やらしいな……こんなに締めつけて」

「や、いやだ、だめ、だって……っ、あっ、あっあっ、み、見な、見るな……っ」

自分でも信じられない。後ろを弄られてこんなに感じている姿を、恭一に見られたくなくて涼太は思わず上半身を起こし、喘いだ。「大丈夫」と恭一が囁く。

「いいんだよ、ここで感じても……男にはこの中に気持ちよくなる場所があるんだから」

後孔に指を出し入れしながら、恭一は涼太の前を探ってきた。性器を握られ、ラストスパートのように激しく扱《しご》かれた。前後を同時に弄られて、頭の奥が痺れそうだ。

「あ、あ、だめ、だめだ、あっ」

とうとう涼太は昇りつめた。

「あっ、あ、や、あーっ、あーっ」

白濁した精をひゅるひゅると吐き出しながら仰け反り、涼太は恭一の肩に後頭部を押しつけた。恭一が強い腕で、胸を抱いてくれる。涼太は思わず、まだ中に入ったままの恭一の指を、ぎゅうっと後ろで締めつけていた。

（恭一、恭一、恭一……）

気がつくと、涼太はほとんど泣いていた。あまりに気持ちよすぎて、刺激が強すぎて、感情が追いつかない。こんなに感じすぎてしまったことも、それを恭一に見られたことも、恭一に抜かれたことも、全部ショックだった。わけが分からず、思考がついていかずただ涙が溢れる。

涼太の後ろから指を抜いた恭一は、そんな涼太の顔を覗き込むと一瞬で青ざめた。

「ごめん。怖かったのか？」

頭を撫でられて、涼太は顔をあげた。泣き濡れた眼に、恭一の顔が映った。すまなさそうに眉を寄せるその顔は、どこか傷ついているようにさえ見えた。

「……今流すから」

出しっぱなしになったままのシャワーを取ろうと恭一が腰を浮かす。その時、涼太は恭一の腕を取り、とっさに引き留めていた。一瞬、驚いたように眼を瞠る恭一に、涼太は「恭一がまだ……」としどろもどろ口にした。

「その、まだ……」

すっかり濡れてしまった制服のズボンの下で、硬くなり主張している恭一のそれをちらと見て、涼太はもう一度言った。すると合点したように、恭一は「ああ」と笑ってきた。

「俺はいい。自分で抜ける」

「で、でも……」

涼太が戸惑って反論すると、恭一は「気にするな」と言った。たった今、いやらしい手つきで涼太を追い詰め、激しく奪うようなキスをしてくれていた男とは思えないほど淡々としている。それに、どうしてか涼太は傷ついた。自分でも理由は分からないのに、このまま終わるのがいやだと思った。

ただ、溜まっている涼太のものを抜いただけ。セックスではない、自慰みたいなものだ。恭一にそう思われるのがいやだと、なぜか涼太は思ったのだ。

「好きじゃ、なくても、できるんだろ。男だから、勃ったらできる。そうなんだろ？　だったら……い、入れても、いい」

最後の言葉は、ほとんど消え入るようになった。恥ずかしいセリフに泣きたくなったけれど、それは本心だった。

しかし恭一の眼には、瞬間傷ついたような色が浮かんだ。じっと涼太を見つめてくる黒い瞳は、淋しげに揺れて見える。やがて恭一はどこか自嘲するように、ひっそりと笑った。

「……そうだな。できる。好きでなくても。でも、お前とはできない……したくない」

恭一は、最後には苦い口調に変わり黙り込んでしまった。

――お前とはできない。……したくない。

涼太はその言葉をもう一度、自分の頭の中で反芻《はんすう》した。とたん、頭の奥が冷たくなるのを感じた。自分の心が急に虚空に投げ出され、真《ま》っ暗闇《くらやみ》の中に真っ逆さまに落ちていくような――。

言ってみれば、絶望感だった。頭から血の気が失せるほど、ショックだった。

(俺とは、できないの……？　なんで？)

その時涼太が思い浮かべたのは、昼間桜井といた恭一だった。そして男と寝たことがある、と平然と言っていた恭一だった。それから涼太を好きだったのは——昔のことだ、と言った恭一だった。冷たい眼をして、あんなことを覚えていたのか、と言った恭一。二年前涼太を好きだと言ったのは、もう遠い昔のことで、大したことではなかったと……。

気がつくと涼太は、恭一の濡れて透けたシャツのボタンに、手をかけていた。上手く使えない右手で、たどたどしく、けれどしゃにむにボタンをはずそうとした。恭一が驚いたように、涼太の手を摑む。

「涼太……、おい」

止められても、涼太は強引に恭一のシャツを脱がそうとした。とたん、右手首に激痛が走った。

「痛……っ」

「涼太……っ」

恭一がハッとして腰を浮かす。それでもまだ恭一のシャツを脱がそうとしていた涼太は、不意に強い力で引き寄せられ、抱き竦められた。涼太の裸の胸に、シャツのはだけた恭一の厚い胸がぴたりと重なる。涼太、と恭一が絞り出すような声を出した。

「もういい。そんなにしてまで……意地を張るな」

恭一はそう言い、涼太を抱く腕に力をこめてくる。

「こんなことは……好きな相手とだけ、すればいい」

腕を緩め、恭一は涼太の顔を覗き込んできた。恭一は見たこともないほど苦しそうな表情を浮かべている。

「お前が……記憶のない間、どういう気持ちで男に……抱かれてたのか、俺は知らない。でも、なんとなく分かる。お前のことだから、多分最初は意地を張っただけなんだ」

涼太は薄い胸の下で、自分の心臓がことりと音をたててゆっくりと鼓動を速めていくのを感じた。恭一はまるで泣きそうな顔をして、涼太の眼を見つめてくる。

「意地を張って間違っただけなのに、お前は後になって、きっと傷ついたんだよ」

かすれた声で、一人ぼっちで、と付け足し、恭一が涼太を放した。

涼太の手はまだ緩く、恭一の濡れたシャツにかかっていた。赤く腫《は》れた右手首に、ぽたりと水滴が落ちた。泣いているのは涼太だった。溢れた涙が、次々に手首へ落ちていく。

恭一のシャツは濡れてはだけ、左胸が見えていた。陸上競技のユニフォームの形を残して、うっすら日に焼けた皮膚。火傷の痕はない。恭一はきっと、あの『夢の男』ではない。

「出てって」

泣いた顔を見られるのがいやで、涼太は顔を背けた。恭一はまだなにか言いたそうだったが、

涼太の髪をそっと撫でると、

「風邪ひくから、湯船につかれ」

とだけ言って、出て行った。

風呂場のドアが閉まると、涼太は体を流して湯船につかった。湯船の中に、自分の白い足が見える。普通の男の足だけれど、夢の中、『男』に持ち上げられていたのを見ると、とても弱々しく思えた。今の自分の心も、あれと同じくらい頼りなく、傷ついて弱っている。

――お前はただ、意地になっただけ。

恭一の言葉がショックだった。けれど見透かされていたようで辛いのか、それとももっとべつの意味で辛いのか、涼太にはよく分からなかった。気が緩むと涙が溢れ、こぼれたものは湯船の中に落ちて消えていく。

（俺が抱かれようとしたのは……ただの意地……それだけ？）

眼を閉じるとどうしてか、もっとずっと昔のことばかり思い出した。恭一に劣等感を感じるずっと前、中学生の頃までの自分。

恭ちゃん、恭ちゃん、と言って四六時中恭一につきまとった。恭一のことばかり考えていた。二年半前、十五歳の五月、修学旅行から帰る途中で好きなのはお前だ、と言われた時にもっとべつの返事をしていたら……と涼太は思った。

（でも、なんて？　恭一は、返事は要らないって言ったんだ――）

それからの二年半の間、涼太の中ではずっと、あの一瞬が続いていたというのに。

涼太が風呂を出ると、恭一の姿は見えなかった。恭一、と声をかけたが返事がない。もう帰ったのだろうかと思ったが、リビングには恭一の携帯電話が残っていた。

ふとその時、涼太の頭に魔が差した。涼太は恭一の携帯電話から、眼が離せなくなった。

（もし『夢の男』なら……八月七日に、俺とメールのやりとりをしてるかもしれない）

涼太の古い携帯で確かめられたのは一通だけで、生徒会のアカウントからだったから携帯メールではない。しかしその前後にやりとりしていなかったとは言えない。

心臓が鼓動を速くした。八月七日のメールを見るだけだ、と思う。他のメールを見るつもりはない。ふと桜井や、恭一が「寝ていた」という男のことが頭をよぎった。この携帯電話の中には、彼らの痕跡もあるかもしれない。

（でも、そういうのは見ない。見るつもりないし……）

自分に言い聞かせ、涼太はこくりと息を呑んだ。他人の携帯電話を見るなんてことは、一度もしたことがない。悪いことだとも分かっているし、こんなことまでしてしまう自分がいやだ。

だが……。

涼太は震える指で、恭一の携帯電話を取っていた。メールフォルダを開く。最新のメールは椎名《しいな》からだ。それから北川。生徒会会計の横山《よこやま》、顧問の井上、時折それに真鍋が混ざる。過去へと遡《さかのぼ》りながら、ボタンを押す指が滑りそうになる。何度か次ページを開いていって、涼太はハッと指を止めた。

八月七日の、午前十一時。『水沢涼太《みずさわ》』という差出人から、一通だけメールが届いていた。心臓が爆発しそうだった。涼太はそのメールを開いた。文字を読む眼が焦りで滑る。

『今日八王子？　俺、北川さんに好きだって告白された。付き合おうか迷ってる』

（……なにこれ？）

一瞬、そのメールの意味が分からなかった。涼太はもう一度文面を読み返す。

（恭一の返信は……？）

返信フォルダを開こうとしたその時、玄関扉の開く音がし、涼太はぎょっとなった。慌てて不通ボタンを押し、メール画面を消す。投げるように元あったソファの上へ携帯電話を放り投げたところで、湿った制服を着たままの恭一がリビングに入ってきた。

「き、恭一。外行ってたのか？　服、冷たくないの？」

「平気だ。おばさんからさっき連絡あって、宅配便の不在票入ってないか見てくれって言われて……これ。明日おばさんに渡してあげて」

「あ……ごめん。母さん、ほんとお前使い荒いよな……」

涼太はひきつり笑いを浮かべて、恭一の差しだしてきた宅配便の不在票を受け取った。

恭一はそれから、すぐに帰っていった。

しばらく悩んでいたが、涼太は携帯電話の電話帳を引き、北川へ電話をかけてみた。三度目のコールで電話がつながり、向こうからいつもの明るい口調が聞こえてきた。

『水沢？　今日は大丈夫だった？　心配してたんだよ』

涼太は昼間のお詫《わ》びをしながら、本題を切り出した。

「あの、ちょっと訊きたいんですけど……北川さん、八月七日って生徒会連盟の意見交換会、出てたんですよね？　八王子であったっていう」

もう、相手に変に思われるとか、嘘をつかれるとか、考える余裕もなかった。受話器を握る涼太の手は震えていた。しばらく考え込んでいた北川が、不意に思い出したように、あーあれ、と声を出す。

『あれなら、オレはその日行けなくて、代理で二宮に行ってもらったよ』

予想外の返事だった。そしてそれを聞いた瞬間、涼太は北川が「行ったよ」と言うことを期待していたのだと——感じた。そうすれば、北川は意見交換会に出ていて、八月七日の夕方は八王子にいたということになる。学校には来られるはずがない。

（でも行ったのが恭一なら、やっぱり、『夢の男』は恭一じゃない……）

『あの日は手違いで学校に呼び出されたからね』

と、北川が続けた。涼太はぎくりとした。

「学校に……いたんですか？　北川さん」

『生徒会の仕事してたんだ。水沢がその日、学校の階段で落下事故に遭ったから……驚いたよ。すぐ見つかったから、救急車呼べてよかったけどね』

「……救急車呼んでくれたの、北川さん、なんですか？」

事故直後、涼太は北川といたのか？　ならば、事故直前も一緒にいたはずだ。全身から、力がぬけていく。

(あの『男』は北川さん……やっぱり、そうなんだ)

『夢の男』は三年生で男で、生徒会役員で、長身。八月七日にメールで涼太を学校へ呼び出し、生徒会室で抱いた。その後、涼太は階段から落下した。

北川はその条件にすべて当てはまっている。

(俺のこと好きって告白してきた……？　この人が……。俺は付き合おうか悩んでた)

それじゃあ、自分は北川が好きだったのだろうか？

涼太は、挨拶《あいさつ》もそこそこに電話を切った。心臓が緊張でいやな音をたてている。

(もうほとんど分かった。あとは、機会があったら直接訊けば？　いや、だけど……)

どうしてなのか、涼太はもうさほど、あの『夢の男』を知りたいと思っていない自分に気がついた。あの男が北川なのだと思っても、怒りがわかない。じゃあどうしてレイプされたのか、どうして北川はそれを隠していたのかと、疑問は浮かぶが今すぐに知りたいとも思わない。北川が自分を好きだったのかもしれないと思うと、ただ戸惑う。今はひどい脱力感ばかりが募って、涼太は一人ぼっちの部屋の中に座り込んでしまった。

外ではまだ、雨が降っている。暗い窓の向こうで、小雨は時折鈍く光って見える。

涼太は、今の自分が本当に知りたいのは、もっとべつのことなのだと気がついた。

（あの『夢の男』が誰かより、俺は今、恭一が寝てた男が知りたい。今は本当に、誰とも付き合ってないのかが、恭一が誰を好きなのかが……知りたい……）

自分の失った三ヶ月。その間に存在していた、自分の知らない二宮恭一を、涼太は知りたくてたまらなかった。

八

（どういうことだよ、恭一《きょういち》）

その日の放課後、涼太《りょうた》は携帯電話を片手に握りしめて、恭一を追いかけていた。恭一は既に教室を出た後で、二年生の学年棟から生徒会室のあるF棟へ向かう裏庭を突っ切り、人気のない校舎裏でやっと捕まえることができた。涼太は、

「おい、恭一！」

と怒鳴り声をあげて幼なじみを呼び止めた。

振り返った恭一が一瞬うるさそうに眼をすがめ、涼太はそれにもムッとなった。

「お前……これ、どういうつもりだよ！」

涼太は怒鳴りながら恭一に携帯電話の画面を突きつけた。画面には、授業終わりのHR《ホームルーム》中に恭一から届いたメールが表示されている。

『今日から、手が治るまで生徒会には参加しなくていい。寄り道せずにまっすぐ家へ帰れ』

文面を思い出しただけで、涼太は腹の底がカッと熱くなるような怒りを感じた。

「……文面のとおりだ。この間の土曜日、手を痛めて悪化してただろう。治るまで仕事はしなくていい」

恭一はいつもの、淡々とした様子で言う。――この間の土曜日、というのは、涼太が休日登校を早退し、恭一が家まで見舞いに来てくれた日のことだ。風呂《ふろ》場で、恭一にイカされた――それを思い出すと涼太は頰《ほお》が熱くなるのを感じたが、恭一はあの時のことなど覚えていないような無表情だ。

(どうせお前にとってはその程度だろうけど)

キスをされた時もそうだったのだから、もう今さらそんなことで傷ついたりはしない。ただだからといって、「生徒会に来なくていい」という態度は解せなかった。

「日曜に病院行って、べつに骨には異常ないって言われてる。悪化したっていったって、状態がほんの少し戻っただけで、酷使しなきゃ平気だ」

「文化祭まで二週間ちょっとだ。今日からは忙しくなる。お前のことだから無理するに決まってる」

「はあっ？　忙しくなるんだったら、よけい出なきゃいけないだろ？　みんな頑張ってんのに、俺だけできません、なんて言えるかよ！」

「だから、最初に言っただろ。いつ抜けてもいい仕事をしてもらうって。お前は俺の補佐だ。お前がいなくても、俺が頑張ればなんとでもなる。その俺が休めと言ったら休め」

恭一の言葉に、涼太は一瞬唖然《あぜん》となった。返す言葉を失い、思わず、まじまじと眼の前の男を見つめてしまった。

（……ああ、そういうことかよ）

突然、腑《ふ》に落ちるような気がした。次の瞬間、涼太の中で怒りが爆発した。気がついたら、涼太は持っていた学校指定のカバンを、思い切り恭一に投げつけていた。

「あー、そうかよ！　よくよく分かったぜ、お前が俺のことどう思ってるか！」

恭一が涼太の投げたカバンを、難なく受け止めた。それにも苛立《いらだ》ち、涼太は舌を打った。

「初めっから俺なんか要らないって思ってんだろ、俺なんか役に立たない、お前は俺がいてもいなくてもどうでもいいんだ。昔から……だから、俺が陸上部辞めるって言った時も、お前はなにも言わなかったんだ、俺なんかいてもどうせなんにもできないから！」

恭一はただ黙って、じっと涼太の話を聞いている。

「生徒会に入ってこられて、要らないと思ってんなら最初に言えばいいだろ!?　だったらすぐやめてやったよ！　俺だって、お前がいるとこになんか入りたくなかった！」

「じゃあ入らなきゃよかったんだろう」

不意にそれまで黙っていた恭一が、口を開いた。

「生徒会にも、陸上部にも、入らなきゃよかった。それか、最初に俺を誘わなければよかった。お前の劣等感はお前が勝手に作ってるものだ。手を怪我《けが》してるお前を無理させたくないと思ったら悪いのか？　不安定なお前を、よけいに不安にさせたくないと思ったら悪いのか？　心配したら悪いのか？　優しくしたら悪いのか？　じゃあお前のことなんか無視して、放っておけばいいのか!?　部活のことも他のことも、お前が勝手に一人でひねくれたんだ。急に距離をとられて、意味が分からないのはこっちだ！」

普段無口な恭一が、息つく暇もなく言い、最後には怒鳴った。舌を打つと、そのまま涼太にカバンを差し出す。

「まっすぐ帰れ。北川《きたがわ》さんに電話なんかするなよ。もうあの人の周りもうろつくな」

「……な、なんで、ここで北川さんのことが」

「お前は快楽に弱い」

断定され、涼太は息を呑《の》んだ。

「流されやすい。俺にまで入れていいとか言うんだ。北川さんは……北川さんが、お前に手を出さないとは言えない」

校舎と校舎に挟《はさ》まれた人気のない裏庭には、手入れのされていない杉や松が乱立するように植えられている。風が吹くと、その木々がざわざわと音をたてて揺れた。

（なに、言ってんの？）

涼太は呆然となり、体から、力がぬけていくのを感じた。

それは北川が『夢の男』だからか？　それとも、北川が自分を好きだったから、か？

どちらにしろ恭一の言い分には、涼太の意志なんて介在していない。選ぶのは自分なのに、と涼太は思った。昨夜風呂場で恭一に言った言葉を、恭一は涼太の流されやすさと受け取ったのか。そうでなければ——ただの意地だと。

(それじゃ、なに。俺が誰とでもできると思ってんの?)

もうこれ以上傷つくことも、腹を立てることもできないと思っていた。けれど恭一の言葉に、涼太はたやすく、深々と心が傷つけられるのを感じた。同時に、腹の底が煮えくりかえるような激しい怒りがわきあがる。

気がつくと、涼太は携帯電話を操作し、発信履歴を出していた。土曜の夜にかけた北川への発信が、最後になっている。通話ボタンを押して耳に電話をあてると、恭一が「なにしてるんだ」と眉《まゆ》を寄せた。

「電話してんだよ、北川さんに」

涼太は吐き捨てるように言った。もうやけっぱちだった。

「お前が言うように俺は誰とでも寝られるド淫乱《いんらん》らしいから、北川さんとセックスする。そしたら、『夢の男』が北川さんかどうか、分かるだろ!」

コール音が途切れ『水沢《みずさわ》? どうしたの』という北川の明るい声が聞こえてきた。その刹那《せつな》、涼太は胸倉を摑《つか》まれた。

「う……わっ、あっ」

乱暴に引っ張られ、左手で握っていた携帯電話機が地面に落ちた。涼太のカバンも、恭一がそこに投げてしまう。

「なに……すんだよ！　放せ！」

胸倉を摑まれて恭一に引きずられ、涼太は怒鳴った。しかし恭一は聞いてくれる様子もなく、巨木の下へ引きずり込まれる。そして校舎の、半分かびて足下が苔《こけ》むしたような壁へ乱暴に背を押しつけられた。

「……人の気も知らないで」

押し殺したような声に、顔をあげた涼太はぎくりとして固まった。自分を見下ろしている恭一の眼に、暗い怒りが浮かんでいた。足下から、すうっと冷えていくような恐怖が、その時涼太の胸にわいた。

——こんな恐怖を、どこかでも感じたことがある。

「そんなに入れてほしかったなら、俺が先に入れてやる……！」

不意に、涼太は息を吞んだ。ぐっと恭一に密着され、肩と胸をものすごい力で押さえつけられて身動きがとれなくなった。空いた片手で、恭一が涼太のベルトをはずしてくる。

「……なに、やってんだよっ、放せよ！」

怪我をしていない左手を突っ張ったが、まるで敵《かな》わなかった。

（なんで……体格が違ってても、俺だって男なのに……）

――そうだ。夢の中でも、同じ恐怖を感じた。抵抗しているのに、歯が立たない。押さえこまれ、力任せに体を開かれる恐怖。涼太の額に、冷たい汗がどっと噴き出した。

恭一の手が、ベルトの緩んだズボンの中へぐりぐりと侵入してくる。そして、恭一はいきなり涼太の後孔《こうこう》へ指を入れようとしてきた。

「あ……っ、い、痛っ、痛いっ、恭一、やめて……っ」

涼太は鋭く叫んだ。なんの湿りも帯びていないそこへ、乱暴に指を突き立てられて引き攣《つ》れたような痛みが走る。内股《うちもも》が痛みに震え、恐怖に体が逃げようとするのに、恭一はがっちりと涼太を押さえこんでくる。

「お前は初めから、北川さんのことは受け入れてた」

低くうなるような声で、恭一が言う。

「なんで俺じゃ駄目なんだ……っ」

「痛い……っ、やだ、恭一、やだ……」

恭一がなにを言っているのか、涼太は半分も分からなかった。第二関節まで入れられて、生理的な涙が出てきた。息があがる。

「どうせここを触られてたら、そのうち緩んでくる……」

中の感じやすいところへ、ぎゅっと指の腹を押し当てられる。けれど快感より痛みがひどく、涼太は震えた。

(恭一が、怖い……っ)

信じられない。わけが分からない。

(こんなの、恭一じゃない――)

自分と一緒にいる理由がただ、幼なじみだからというだけだとしても、恭一は本当は自分に特別優しいのだと、涼太は心のどこかでずっと思っていた。

――嫌いになれたらラクなのに……。

恭一から離れようとしても離れきれなかったのは、いつでも涼太の心の中に、昔の自分が残っていたからだ。幼なじみの恭一が大好きで、自慢で、いつでも一緒にいたいと思っていて、恭一が自分に優しいと思っていて、

(他の誰より、どんな女の子より、俺のことを好きでいてくれるって……)

その小さな期待が、どれだけ劣等感を感じても、涼太の心の中に残って恭一と本当に離れる勇気が出なかった。それなのに、今眼の前にいる恭一は激しく怒り、まるで憎んでいるかのように、涼太の体を乱暴に扱ってくる。

こいつは本当は俺のことなんか好きじゃないんだ、と涼太は思った。

(俺のことなんか、俺のことなんか本当に、一度だって好きでいてくれたこと、あったのか……?)

中に入れられた指をぐりっと動かされ、涼太は「い、いやだ……っ」と小さく叫んだ。それ

でも、恭一はやめてくれない。

涼太はもう子どものように泣いていた。自分がこんなに弱いとは思わなかった。ろくすっぽ抵抗もできず、ただ「やだ、やだ」と小さな声で訴えているだけ。なけなしのプライドもなにもかも壊れていく。このまま無理矢理犯されても、多分自分は逃げ出すことができない。体が恐怖で竦《すく》み、涼太はしゃくりあげた。張っていた虚勢などもう跡形もなかった。しょせん自分なんてこんなものだ。恭一に本気を出されたら、言うなりになるしかない……。

恭一が涼太の後ろから指を抜いた時だった。突然、涼太を押さえつけていた重みが消えた。ハッとなった瞬間、重い音がその場に響いた。いつの間に来ていたのか、北川が恭一の胸倉を摑み、殴り飛ばしたのだ。

「……二宮《にのみや》。なにやってんの？」

北川はいつもの陽気な表情からは想像もできない、ぞっとするほど冷たい顔をしていた。

「水沢、平気？」

声をかけられた瞬間、涼太は北川の背に隠れるようにしていた。体も足もがくがくと震え、嗚咽《おえつ》が止まらなかった。北川が慰めるように腕を回して抱き寄せてくれた。

「……行きなよ。水沢は家に帰すから。二宮は仕事休ますわけにいかないよ」

恭一は、北川に殴られた頰を押さえて呆然《ぼうぜん》としていた。口の端が切れて血がにじんでいる。その眼は生気を失ったようにうつろで、顔色は悪くまっ青だった。

「涼太……」

　恭一の声が震えていた。けれど涼太は聞きたくなかった。眼をつむって北川の胸に額を押しつけた。北川が「ほら、今は行って」と恭一を促す。

「……携帯電話がつながったまま水沢が出なくなったから。捜したよ。でもまさか、五ヶ月前と同じところで見つけるなんてね……」

　北川は言いながら、涼太の肩をそっと離してくる。恭一の姿が消え、気が抜けたせいかもしれない。涼太の膝《ひざ》はかくん、と落ち、北川に体を支えられた。

「保健室行こう。水沢の家に電話して、迎えに来てもらうから。ね？」

　涼太の頭の中はまっ白になり、北川に支えられるまま、保健室に連れて行かれている間も、自分がどこを歩いているのか、ほとんど分かっていなかった。


　夢を見ていた。

　涼太は鏡を覗《のぞ》いていた。その向こうに、もう一人の涼太がいた。

　中学校の制服を着て、新幹線のデッキに立っている。すぐそばに恭一がいる。窓の向こうには、昼下がりの眠たい風景が流れていた。

『恭ちゃんの好きな人って、誰？』

中学生の涼太が、思い詰めたように訊《き》いた。

(思い出した……これ、十五歳の記憶だ)

恭一に好きな人がいると初めて知り、その相手が誰か気になってとうとう訊いてしまった日だ。訊かれた恭一が、答える。

『お前』

中学生の涼太が、『え？』と訊き返す。

『だから、お前。俺はお前が好きなの』

返事は要らない、と恭一が続けた。

『俺は、今までどおりでいいから』

鏡のこちら側で、十七歳の涼太は十五歳の自分の顔を見ている。なかば驚き、なかば意味の分かっていないようなあどけない表情が、ふと曇った。

——恭ちゃんは、返事は要らないんだ。

(……どうして？　どうして、返事は要らないんだよ？)

十五歳の涼太の眼の中に、淋《さび》しそうな色が浮かんだ。

その顔は遠ざかっていく。

突然、二人の姿を映していた鏡に亀裂が入り、なにも見えなくなる。鏡は粉々に砕け散って、涼太は十七歳の姿で、いつの間にかまっ暗な虚空に浮かんでいた。四方を小さな流星が無数に落ちていく――それは砕けた鏡の破片で、一つ一つが落ちていく時に、その表面には様々な映像が反射して映っていた。

十五歳の記憶だけではない、鏡の破片には、十六歳の自分もいる。それは陸上部を辞めた日。それからつい数ヶ月前の自分もいる。恭一に桜井《さくらい》と別れてほしくて怒っている……。鏡の破片一つ一つは涼太のいずれかの記憶を秘めている。それが雪のように虚空へ散っていく。

（きれいだ……）

虚空に浮かびながら、涼太はそう思っていた。そうして静かに、眼を閉じた。


涼太は学校の保健室に寝かされていた。気がつくと窓の外はすっかり暗くなっていたが、壁にかかった時計を見ると、倒れてから三十分も経《た》っていないことが分かった。

ふと見ると、ベッドサイドには北川が座っていた。涼太はようやく、保健室に連れて来られた瞬間、倒れるように眠りこけたことを思い出した。

ベッドの上に起き上がったとたん、後孔に痛みが走り、気持ちが沈んだ。

（……恭一）

脳裏に、涼太を押さえつけてきた恭一の乱暴な姿がよぎる。同時に、呆然と涼太を見つめていた、青ざめた顔も。

(あいつ、俺を犯そうとした……)

「水沢……大丈夫?」

北川が首を傾《かし》げて、涼太の顔を覗き込んできた。

「北川さん……恭一、彼女と別れた後に誰かと寝てたんですよね? 北川さん、誰だか、知らない? 知ってたら、教えてほしい」

虚勢は粉々に砕かれ、こんな質問をすることで記憶喪失がバレたら、という懸念さえ吹き飛んでいた。涼太は疲れ切っていて、自分の分からないことを、とにかくなんであれ知りたいと思った。北川は一瞬驚いたような顔をした。

「なんでもいいんだ。知ってたら教えて……俺、記憶がないんだ」

気がついたら、涼太はもう自分からそれを白状していた。

「三ヶ月間の記憶がないんだ。北川さんと電話してたことも覚えてない。俺……男と寝てた。それって北川さんなの? もう頭がぐちゃぐちゃして、分かんないの……」

うつむくと、静まりかえった部屋の中に壁掛け時計の音だけがコチコチと響いて聞こえた。黙っていた北川が、「五月のなかば」と口にした。

「五月のなかば。裏庭で二宮に怒ってる水沢を見た」

涼太は顔をあげた。

「翌日、中庭できみに話しかけて、一緒にマルハナバチを見たよ。でもその時は、どうして怒ってたのか話してくれなかった。それから気になって、話しかけるようになった」

——時々中庭で、涼太と北川が二人でいるのを見た、と話していた真鍋《まなべ》の言葉が涼太の脳裏によぎった。

「数日後に、二宮は彼女と別れた。その頃からきみは元気がなくなった。でもまあ、まだそれほど親しくもなかったし、臨時委員の仕事なんて週一度で、会う機会も少なかった。で、六月頃。さっきの裏庭で、さっきと同じように、二宮ときみを見た。水沢は、辛《つら》そうだったけど、二宮を断れないのかなと思った。心配だったから、見たことを話したら、きみは『誰にも言わないでください』って……」

なにを、と涼太は訊けなかった。掛《か》け布団《ぶとん》の上に置いた手が、震えた。

「二宮に相談してるのを知られたくないって言うから、学校ではあまり話さないことにして、電話で毎晩のように相談に乗った。でも二宮は勘がいいから、気づいてたね。当時の水沢には言わなかったけど、何回か釘《くぎ》を刺されたよ」

「……え?」

「七月のなかばかな。学校が夏休みになる前にと思って、オレは水沢に告白した。『オレならきみを大事にするから』って。水沢は忘れちゃったみたいだね?」

涼太はハッとして、北川を見つめた。

(あのメール、やっぱり嘘じゃなかったんだ)

涼太は恭一の携帯電話の中に見つけた、自分のメールを思い出していた。そこには確かに、北川から告白された、と書いてあったはずだ。

「水沢からの返事は保留。だから……待ってた」

「……すみません」

胸が痛み、思わず謝罪する。告白を忘れたなんて、自分は最低だと思った。すると北川は眼を細め、「そうやって謝っちゃうところが、水沢は優しいよね」と呟《つぶや》いてくる。

「そして、八月七日。きみは多分、二宮にオレから告白されたと話した。——話したんだと思うよ。オレは知らないけど。二宮が寝ていた『誰か』のことなら、オレが知っているのは以上、これだけ」

(……ちょっと待って。今の話って)

涼太はひやりとし、額に冷たい汗がにじむのを感じた。

ちょうどその時、保健室の扉を開けて書記の椎名《しいな》が入ってきた。

「水沢、大丈夫? 怪我治ってないんだから無理しちゃだめだよ」

手になにか書類を抱えた椎名は、心配そうな表情をしている。どうやら、倒れた涼太の様子を見に来てくれたらしい。

「なに椎名ちゃん。お見舞い? さっすが、やっさしぃー」

「見舞いもだけど、北川に連絡だよ。これ、今度の文化祭に来る他校生徒会の名簿。頼むからちゃんとホストしてよ」

「面識あるのは二宮なんだから。彼にやってもらおうよ」

「もうっ、北川は恥ずかしくないの!?　聞いたよ！　八月七日の交流会、二宮に行かせてたんだってね!?　しかも二宮に三年生のネクタイ締めさせて、生徒会長の金バッジまでさせて！」

椎名は可愛《かわい》い顔をまっ赤にして怒っている。

「だあって仕方ないじゃない。先生に間違って呼ばれたんだから」

「ああ……指定校推薦の話。そんなの、そっちのほうがラクだと思って行ったんでしょ。かわいそうに、二宮は北川なんかのかわりで八王子《はちおうじ》くんだりまで……」

「えー、でも結果的に台風が来てたから、午前中で終わったんだよ？　オレなんか居残りさせられてさ……」

「もー言い訳はいいよ。水沢は僕が家まで連絡入れといたから、会長は戻ってください」

椎名に厳しく言われた北川は「ハイハイ」と立ち上がり、出て行った。涼太の心臓は、もはやはち切れそうなほど激しく鳴っていた。

「あの、椎名さん。八月七日って……き、北川さん、学校にいたんです、よね？　でもかわりに、恭一が、会長のフリって……？」

「ああ、今の話？」

椎名は涼太を見ると、肩を竦めて教えてくれた。

「実はね、ちょうどその日、うちの校内で大学の指定校推薦の一次選抜試験があったんだって。北川が一応候補で、急遽《きゅうきょ》呼ばれたみたいで……」

それが、意見交換会の日程と重なっていたらしい。そこで恭一に会長の代理で出席させたが、北川は指定校推薦に興味がなかったので、午前中の筆記試験だけで切り上げた。

「どうせ、意見交換会出ないために筆記だけ受けたんだと思うよ。でも生徒会顧問の井上《いのうえ》先生にそれがバレて、せっかく来たならって居残りで仕事させられてたみたい」

いい気味だよね、と椎名が笑った。

「でも二宮はかわいそう。八王子まで出かけたら台風が来ちゃったでしょ？　午前中で意見交換会が終わって、そこまでならいいけど、その後は結局学校に閉じ込められて」

「恭一も、学校に、いたんですか？」

そうみたいだよ、と椎名がうなずいた。

「北川が学校で作業してるから様子見に行ったんだっけね？」

椎名の話す声が、涼太の耳にはだんだん遠ざかって聞こえなくなっていく。

ショックで血の気がさがり、視界が揺らいだ気がした。耳鳴りが聞こえる。

——しかも二宮に三年生のネクタイ締めさせて、生徒会長の金バッジまでさせて！

不意に涼太は頭の中で、パズルのピースとピースが組み合わさるような音を聞いたと思った。

刹那、いい知れない熱が体の奥からわきあがってきた——。

「み、水沢!?」

椎名が焦ったように声をあげたが、涼太はもう聞こえていなかった。ただベッドを飛び降り、スニーカーを引っかけて保健室を飛び出した。頭がガンガンと痛み、視界が煮えたように揺れていた。全速力で廊下を駆け、階段を上がり、渡り廊下を渡った。放課後のひっそりした校舎に、足音がうるさく響く。やがてＦ棟に行き着き、生徒会室が近づくと役員の賑《にぎ》やかな声が近づいてきた。

涼太は思いきり役員室の扉を開けた。中にいた面々がびっくりしたように振り返る。議長席の隣に座り、パソコンを前に仕事をしていた恭一が、ハッと涼太を見上げた。その動きが、ひどくゆっくりしたものに見える……。

「嘘つき野郎……」

涼太は小さな声で、呟く。体の奥でなにか、得体の知れない感情が爆発した。

気がつくと涼太は、恭一の頬をしたたかに殴り飛ばしていた。ただでさえ弱った右手首に、激痛が走った。女子生徒がきゃあっと叫び、恭一の横にいた北川が眼を丸める。なんだなんだ、と振り向く人たちをみんな無視して、涼太は部屋を走り出た。

「涼太！」

恭一が叫び、追いかけてくる。

――嘘つき！　嘘つき！　嘘つき！

こみあげてきた涙で視界が曇った。階段を飛ぶようにして下りながら、涼太は脳裏にいくつもの場面がはっきりとフラッシュバックしてくるのを感じた。

『夢の男』が涼太の後孔に性器を入れて、激しく揺さぶってくる。

嵐《あらし》の音にまぎれて、男は呼んでいなかったか？

「涼太。……涼太」

そうだ、男は確かにそう呼んでいた。今になってその呼び声をはっきりと思い出した。生徒会で、涼太を名前で呼ぶのは恭一だけ――。

頭が痛い。耳鳴りが痛い。体の節々が痛い。右手首はまた折れたかもしれない。

『もう二年も前のことだろ』

恭一の声が聞こえてくる。あれは恭一の家だった。桜井と付き合っていたことを知って、それを責めた。涼太を好きだったのは「昔のことだ」と、恭一は切り捨ててきた。今はもう違う。今はもう、好きじゃないと。それがひどく、悲しかった。

『男だから、触られれば勃《た》つし、好きじゃなくてもセックスできる。お前だってそうだ』

恭一が、悪びれたように言っていた。あの後涼太はなんと答えただろう？

「涼太、涼太。待ってくれ、ごめん、ごめん、ごめん！　言えなかった。言ったらもう二度と許してもらえないと思った……」

追いかけてくる恭一がそう言うけれど、涼太は聞けなかった。頭痛がひどくなり、階段を駆け下りる途中で、膝からがくりと力が抜ける。あっと思った時、後ろから恭一に抱きしめられていた。厚い胸板、大きな体。強い腕。そのどれもにはっきりと覚えがあった。

「放せ！　放せよ……っ」

涼太は振り向き、わめいた。階段の踊り場で、声が響くのもかまわなかった。

「お願いだ。聞いてくれ。傷つけるつもりはなかった、ただやり直したくて……」

恭一が、泣きそうな声で言う。けれど今さらなにを言われても響かない。涼太は泣きながら、恭一の頬をぶった。

「バカにしやがって！　全部嘘だったんだ！　俺が苦しんでるのを知ってたくせに、お前は隠してた！　なかったことにしようとした！　俺のこと強姦《ごうかん》しといて……っ」

さっき校舎の裏でしたように。あんなふうに暴力で、恭一は自分を押さえつけていたのだ。そう思うと、悔しさと腹立たしさが一緒になって泣けてきた。

「言うつもりだった……、いつかは全部話すつもりだった。でも、まだ言えなかった」

「ふざけんなよ、なんで言えないんだよ！」

「お前が俺を嫌いだから言えなかった……！」

恭一は叫ぶように言った。涼太は眼を瞠《みは》り、恭一を見上げた。見たこともないほど悲痛そうに顔を歪《ゆが》め、恭一が訴える。

「お前は俺を嫌いだろ？　以前、お前は北川さんの告白を受け入れようとしてた。思い出されたら、きっとまた北川さんを選ぶと思った。だから、思い出す前に俺を好きになってもらおうとした」

「……なに言ってんだよ」

「……お前に好きになってほしかった」

涼太の肩を摑む、恭一の手が震えていた。恭一はうつむき、ぎゅっと眼を閉じている。その長い睫毛《まつげ》の下から光るものが溢《あふ》れ、涼太の頰に落ちてきた。

「お前に、好きになってほしかったんだ……」

涼太は呆然とし、恭一を見つめていた。どうして恭一が泣いているのか。

「だからって……強姦していいのかよ」

涼太は恭一の胸を押しのけた。あれだけ強い腕が、今は簡単に涼太の肩をはずれていく。戸惑いながら、けれど怒りだけは消せずに、涼太は恭一を置き去りにして階段を下りた。振り返らなかった。振り返ったら、今までのことを全《すべ》て許してしまう気がした。

右手首が痛くて、頭痛がして、吐き気さえした。なにも考えられなかった。

そしてその日の夜、涼太はいつも見ていた『あの夢』を見なかった。

九

たとえ、どんな時でも朝は来る。

その日の朝、涼太《りょうた》は支度を終え、母親に見送られて玄関を出た。右手首には昨日よりきつめに包帯が巻かれ、朝から鎮痛剤を飲んでいた。恭一《きょういち》を殴ったものの、右手首は奇跡的に折れてはいなかった。だがかなり腫《は》れてしまい、医者からはこっぴどく叱《しか》られた。

十月の朝は肌寒く、涼太は身を竦めて歩いた。バス停の手前で、ふと待ち伏せしていた相手を見つけ、涼太は立ち止まった。――恭一だった。

民家の並ぶ路地で、恭一は神妙な顔をして立っていた。整った顔に緊張が浮かんでいる。けれど涼太は恭一の顔を見たとたん、眼を背け無視して脇《わき》をすり抜けた。

「涼太」

恭一が、焦りのにじんだ声を出して追いかけてくる。

「話だけ聞いてくれ。……すぐに消えるから」

(なんの話を聞かなきゃならないんだよ)

聞く気などなかった。昨日、涼太は『夢の男』が恭一だと知った。しかしだからなんだというのだろう。嘘をつかれていたショックで涼太の心は石のように硬くなり、もうなにも考えられなくなっていたし、考えたくもなかった。

「……お前のことはもう、諦《あきら》めるから」

けれどその言葉に、涼太は思わず足を止めた。ゆっくりと振り向くと、朝日の中に立つ恭一が、苦しそうな顔で眼を伏せていた。

「お前が記憶をなくした時……やり直せるかもと思った。もしかしたら、お前にしたこと全部なかったことにして、俺を好きになってもらえるかもしれないと……」

小さな声で恭一が言い、「でも無理だった」とつけ足した。

「……もうなるべくお前の眼につかないようにする。北川《きたがわ》さんに近づけたくなくて、無理矢理俺の補佐にしたりしたのは、すまなかった。——委員の仕事は、椎名《しいな》さんが美化をやってる。その下についてもらうようにしたから」

（え……）

涼太は息を呑み、恭一を見つめた。

「お前は真面目だし、仕事も丁寧だから……椎名さんも助かるはずだ。怪我の無理がなければ、手伝ってほしい。もちろん、無理だけはしないでほしいけど」

それだけ言うと、恭一は黙り込んでしまった。涼太はなにを言えばいいのかも分からず、じっと恭一を見つめるだけだ。やがて、恭一は小さく頭を下げてきた。

「傷つけて、ごめん」

普段と変わらない静かな声だったけれど、わずかに震えて聞こえた。それだけ言うと、恭一は足早に去っていった。いつも使うバス停とは反対側だった。「なるべく眼につかないようにする」と言った言葉を守るつもりか、一つ向こうのバス停まで行くようだった。

（……なんなんだよ。結局お前は、俺が好きだったの？　ならどうして、俺のこと強姦なんてしたんだ）

十月の風にはいつの間にか秋の気配が含まれ、頬を撫《な》でられるとひんやりと冷たかった。

涼太はもう疲れ切っていて、自分の気持ちを考えることも恭一の気持ちを考えることもしたくはなかった。消えた記憶はまだ戻っていないけれど、だからといって、それを捜す気にもなれない。

（もう疲れた。……今はなにも考えられない）


しかし根が真面目なので、決められた仕事をサボるという選択が涼太にはできない。そういうわけで、涼太はその日の放課後、嫌々ながら生徒会へ向かった。あと二日で文化祭二週間前を切るせいか、役員室はいつにもまして人が多いようだった。四階にあがったあたりから騒が

しい声が聞こえてきて、

（そういや俺、昨日恭一殴り飛ばして役員室出たんだっけ……）

ただでさえ他のメンバーとはつながりがないのに、ますます白い眼で見られるのではないか、と思うと怖くなってきた。だからといって帰れる性格でもなく、涼太は、

「お疲れ様です……」

と言いながら怖々役員室に入っていった。と、室内にいたメンバーの視線が自分に集まり、涼太は身構えた。

「あー、水沢《みずさわ》、嬉《うれ》しいよー、今日から美化の仕事手伝ってくれるんでしょ？」

けれど真っ先に声をかけてきた椎名が、飛びつかんばかりの勢いで涼太を室内に招き入れてくれた。ふと見ると、室内には恭一の姿がない。

「……あの、椎名さん。恭一は？」

訊くと、椎名は首を傾げて「応接だよ。業者と打ち合わせ」と教えてくれた。

「聞いたよ、昨日二宮《にのみや》のこと殴ったって？　でもあれは二宮が悪いよね？」

椎名がぷっと吹き出した。

「水沢が完璧《かんぺき》に仕上げたパンフの原稿、二宮がシュレッダーしちゃったんだってね。殴っちゃうのも仕方ないよ」

椎名は笑いながら、恭一から聞いたのだと教えてくれた。周囲も笑っている。昨日涼太が恭

一を殴った事件は、そんな話にすり変わっているようだった。

(恭一が……気、きかしてくれたのかな)

しかしそれを、どうとればいいのかも分からなかった。奥の会長席に座っていた北川が、

「さあー、みんなあと少しで二週間切るよ。頑張ってオレの仕事減らしてね！」

と大声を出し、メンバーがますます笑い声をあげた。涼太は椎名の横に座り、自分の仕事にとりかかった。

「あ、水沢お使い仕事？」

その日、生徒会室を出て夕暮れ時の中庭を歩いていた涼太は北川に呼び止められた。

「井上《いのうえ》先生のところに報告書持っていってて……。北川さんは？」

「うん。ちょっと水沢と、話ししようかと思って。……聞きたいこと、あるでしょ？」

聞きたいこと、と言われて涼太は押し黙った。失われた三ヶ月間のことなら、本当はもう聞きたくはないし、知りたくもない。けれど北川にしてみれば、言いたいこともあるだろう。涼太は北川と二人、中庭のベンチに並んで腰掛けた。

フジウツギの花のところには、もうマルハナバチも来ていない。季節は秋に移行し、昼間はまだいくらか暖かいが、日が落ちる頃には肌寒くなっていた。

「北川さんは、俺に記憶がないの、最初から知ってたんですね」

涼太の言葉に、北川は「まあね」と答えてきた。

北川は自分の知っている情報を淡々と話してくれた。その後、「記憶は、少しは戻ってきたの?」と訊いてきたので、涼太は「あんまり」と応《こた》えた。

「でも、もういいんです。多分、俺が北川さんに相談してたってことで全部だろうし」

北川が話してくれたのは、記憶がない間、涼太が北川にしていた相談内容だった。その情報を総合したら、ことは思ったよりも単純そうだと、涼太は思った。

発端は今年の五月、恭一が桜井と付き合ったことらしい。

当時、涼太は恭一とケンカしていたという。ケンカは、恭一が桜井と付き合っていることを涼太が責めたのがきっかけのようだ。

恭一の家で言い争いになった時、恭一が『好きでなくともセックスできる』と言った。涼太は覚えていないが、北川が言うには、

「売り言葉に買い言葉で、それなら俺ともできるんだろ、ってなしくずし的にっていうか、なりゆきで、寝てしまったって、前の水沢は言ってたけどね」

——売り言葉に買い言葉。自分らしいな、と涼太は思った。きっと誰とでもセックスできると訊いて、意地の張り合いで抱かれてしまったのだ。そして自分と寝たからには、桜井と別れろ、と涼太は言い張ったようだ。

(……意味分かんないよな。なんでそんなことしたんだろ、昔の俺は)

けれどその後からが泥沼だったという。

「前の水沢から聞いた話だと、そのままセックスしあう関係になっちゃったって」

そうして八月七日まで、セックスフレンドの状態が続いた。途中、学校の裏庭で触られているところを北川に目撃され、それがきっかけで、涼太は北川に恭一との関係を相談するようになったという。

「雰囲気が異常だったから無理矢理なのかなって心配になって。後で訊いたら水沢は誰にも言わないでくださいって」

恭一に知られないよう、北川と涼太は学校ではあまり話さず、電話で話すようになった、という。

「あの頃の水沢は……見てて痛々しかったねえ」

と、北川がため息をついた。

「オレの告白についてはちゃんと考えてくれたよ。だから……八月七日前日の電話でさ、もう二宮とは寝ないって。セフレは解消する、って言ってたんだよ」

(それで、俺は北川さんに告白された、って恭一にメールしたんだ……)

恭一は当日の意見交換会が台風で中断し、生徒会室のパソコンからメールで涼太を呼び出したようだ。実は恭一の携帯電話は電池が切れていたらしい。恭一は生徒会仕事で普段からパソコンを使っていたので、アカウントも持っていたという。

その後のことは、北川も詳しくは知らないという。

「二宮とC棟の職員室で作業してて……嵐がひどくなった頃、ふっと二宮がいなくなって。戻ってきた時は、一時間くらい経ってたかな。『涼太見ませんでしたか？』って慌ててね」

「……じゃあ、俺は生徒会室で恭一と会った後、逃げ出したんですね」

多分ね、と北川は言った。

「急に駆けだしていって見つからないって。捜して、オレも二宮も十九時頃、水沢の携帯に電話かけたけど出なくて。で、しばらくしたら水沢の叫び声がした」

その後、北川と恭一は階段から落ちて気絶した涼太を見つけたのだという。恭一は涼太に付き添ったが、北川は生徒会顧問の井上や、涼太の担任に連絡するので学校に残ったらしい。

「二宮が相当動揺してたから、オレが救急車を呼んだんだよ。水沢を運ぶ時ハンカチで顔をぬぐってあげたから、それをそのまま持ってたんだね」

記憶がいつか戻ると思って、待ってたんだ、と北川は言った。

「一応、告白の返事は保留のままだけど……」

にっこり笑われて、涼太は答えに窮した。北川のことは好きだ。一緒にいて楽しいと思う。けれど恋愛として好きかというと、それは違う。以前の自分は付き合おうと考えたくらいだから、好きだったのだろうか？

「そんな困った顔されちゃうとね。まあオレとの関係より、水沢には二宮との関係のほうが大事なんだろうね」

そんなことは、と否定したが、北川は微笑《ほほえ》んでいるだけだった。見透かされているのだと思い、涼太はうつむいた。

「すみません……記憶が戻ったら、北川さんと付き合えるかもって思うけど」

「本当にそう思う？」

訊き返されて困り、涼太は黙ってしまった。北川は苦笑し、

「どうして、二宮とちゃんと付き合えないの？　好きだって言われたんでしょ？　水沢はどうなの？　二宮のこと、好き？」

と言ってきた。それこそ、涼太は答えに窮してしまった。

（……俺、本当は、どうしたらいいんだろう）

「分かんないんです。俺……記憶のない間、本当は、なにを思ってたんだろう」

恭一は涼太が好きだったと言っていた。けれど涼太はそう言われても、半分信じていなかった。ならなぜ、女の子と付き合ったのか？　なぜ、レイプしたのか？　細かなことを言い出せばもっとある。いじめに遭っていたことを打ち明けてくれなかったとか、陸上部を辞めた時になにも言われなかったとか、けれど一番のわだかまりは——。

「恭一は、本当に俺のこと、好きだったのかな」

呟くと、北川は驚いた顔をして、「どうしてそう思うの？」と訊いてきた。涼太は答えられずにうつむいた。北川がため息をつく。

「……まあ、自業自得なのかもしれないけど、ここまで来ると二宮には同情するねえ」

その言葉に、涼太は北川を振り返った。どういう意味だろう？

「前も言ったけど、水沢の劣等感って二宮限定なんだよね。オレや他の人間が、自分より勝ってるって感じても、水沢は素直に『すごいですね』なんて言っちゃう。まあ、それが水沢の本来の姿なわけだよ。ところが二宮相手だと……比べるっていうんじゃなくてね、いやなところ見せたくないって肩肘《かたひじ》張って、素直になれないって感じ」

「……そう、ですか？」

「そうだよ」

北川は、迷いのない口調で断定してきた。

「今の自分じゃダメだって思い込んでる。二宮がいくら好きだって言っても、水沢はダメな自分を二宮みたいな完璧な男が好きになるはずがない、ってなるわけ。だから優しくされても、素直に受け取れないんでしょ、水沢は」

まあ恋愛は無理だよね、と北川が笑った。

「どこかでボタンをかけちがったんだね。お互い相手にしかベクトルが向いてないのに。でもま、二宮は水沢にフラれちゃってもう捨てられた猫だか犬だかみたいになってるよ」

「まさか」

涼太は眉を寄せた。あの恭一が自分のせいでそんなふうに弱るはずがない。

「いやあ、二宮って意外と打たれ弱いよ。水沢が記憶ない間、あんなにオレのこと牽制《けんせい》しといて、今はもうなにも言わないし……さっきね、よろしくって言われちゃった」

「え……？」

涼太は思わず訊き返した。北川はおかしそうな顔をしていた。

「水沢が手の怪我とかで無理しないように、見ておいてくださいってさ……。なんかさすがにかわいそうになったね。オレが二宮なら、同じ立場でももっと上手《うま》くやったもの。きっと水沢が記憶のない間に、オレに惚《ほ》れさせたよ」

涼太は思わず、小さく笑った。

「そんな……北川さん相手だったら俺、そもそもこんなにこじれてません」

「うん。……そこだよね。やっぱり水沢にとっては二宮かそうじゃないかの世界なんだ。オレはその他大勢と一緒なんでしょ」

涼太はドキリとした。

「……ただ素直になればよかっただけじゃないの？」

北川は優しい声で言い、それから「あーあ、オレのほうがいい男なのに、フラれちゃったなあ」とため息をついて笑ってきた。

「でもまあ、オレの場合はね。水沢が二宮のことばっかり見てる……そういう一途さにキュンときちゃったから。仕方ないかもね」

わざと茶化すように言ってくれたあとで、北川は諭すような口調になった。

「水沢も、もう少し二宮のこと考えてあげてもいいかもよ。男同士でも、好きなんだから。男なら、好きな子を甘やかしたくなるし、優しくしたくなる。水沢もそうでしょ？」

それだけ言って、北川は話をおしまいにしたようだった。涼太の脳裏に、恭一の言葉がよぎった。

――お前の劣等感はお前が勝手に作ってるものだ。優しくしたら悪いのか？

（俺も、悪かったのかな……）

もしかしたらそうなのかもしれない、と涼太は思った。

（涼太は俺に優しくされるのが嫌いだから我慢してるって、恭一、言ってたっけ……）

恭一には、自分がそんなふうに見えていたのか。涼太は今さらのように、思い出していた。


それから、日々は瞬く間に過ぎていった。あっという間に文化祭七日前になり、それまで、涼太は任された仕事を淡々とこなしていった。夢はまるで見なくなり、そして恭一もほとんど生徒会室に出てこなくなった。たまに顔を出しても数分くらいのことで、必要な作業をした後は、忙しそうにどこかへ行ってしまう。けれど誰も、それを不審には思っていないようだった。

それもそのはず、十日前になったあたりから、業者が入ってグラウンドに特設ステージが作られたり、ゲストが下見に来たり、体育館舞台の照明配置を打ち合わせたりと、恭一は外での仕事が忙しいようだった。各クラスの出し物の練習や下準備もその頃には本格化し、各部も普段の練習時間を割いて準備を始め、校内はにわかに活気を増してきた。

臨時委員もこの頃にはほぼ全員が毎日居残りし、各係の準備は追い込みに入っていった。会議室は開放され、女の子たちが式典や入場門に使う花飾りを作ったり、大道具係が大きな看板を作るためベニヤ板を工作したりして、F棟の四階は連日うるさかった。

その日、役員室で仕事をしていた涼太は、一年生の女の子二人組に「あの、水沢先輩」と話しかけられた。

涼太はこの文化祭準備委員の中で、ほとんど話しかけられることがなかったので驚いた。彼女たちもちょっと緊張したような顔で、もじもじしている。

「あの、お忙しかったらいいんですけど……これ、もしよかったら見てもらいたくて」

彼女たちが差しだしてきたのは、オープニングセレモニーの司会原稿だった。そこには付箋《ふせん》がついていて、走り書きのようなメモがある。見ると、どうやら恭一の字だ。

「二宮先輩から直すように言われたんですけど、どうしたらいいか分からなくて。もうやり直し三回目なんです」

彼女たちはしょんぼりした様子で言った。基本的に、各係の決めごとや原稿などの書式はすべて恭一の許可を得てから顧問のほうに提出され、進められる。北川に任せるとなんでも通してしまうので、細かいこととはいえ恭一が一手にとりまとめをしているらしい。しかし恭一の要求レベルは高く、彼女たちのようにやり直しをさせられる係は大勢いる。

「二宮先輩にもう一度訊こうにも、先輩忙しそうだし、なんか……訊いてもよく分からなくて。そしたら、二宮先輩がどうしても困ったら水沢先輩に訊いてって」

「え、俺に？」

涼太は眼を丸めた。一年生の女の子たちは、一生懸命な様子でうなずいてくる。

「水沢先輩が一番よく分かるはずだからって……あたしたち頭悪くて、二宮先輩の言うこと理解できないんです……」

「あ……そんなに落ち込まなくていいよ。恭一の指示って不親切だから……本人、自分ができるから言い方知らないだけなんだ」

しょんぼりした彼女たちを思わず慰めながら、涼太はとりあえず中の資料をさらっと流し読みした。付箋には、『※のところコンパクトに。全体にメリハリ。★と☆のところは人を変えてもよし。高校生らしく』と書いてある。

（恭一らしい……）

なんとも無駄がないのだが、無駄がなさすぎるのだ。中学時代からそうだったことを思い出し、涼太は一つ一つ説明した。

「あのね、オープニングセレモニーって、最初は地域のお偉いさんに見てもらうもの、で、後からは生徒の気持ちを盛り上げるものだから、★と☆マークの違いはそこだと思う。えーと、椎名さん、パソコン借りていいですか」

涼太は書記の椎名に生徒会のパソコンを借り、ネットにつなげて、学校行事での司会原稿の例文集を引っ張ってきた。

「このへん使って、最初の式典部分は礼儀正しく、元気にね。ある程度作ったら、恭一が校正して書き足してくれるはずだし、俺が見てあげてもいいよ」

「あ、あの、このメモってどうとればいいですか？『人を変えて』って……」

「司会者入れ替えて、二部構成にしたらってことだと思うよ。そのほうがメリハリ出るし。前回の司会原稿って見てる？　難しいところはそのまま使っちゃおう」

「すごーい、先輩。これならできそう！」

さくさくと進めていくと、一年生の女の子たちがはしゃいだ声をあげて笑顔になった。涼太も嬉しくなって微笑むと、そのやりとりを見ていたらしい椎名が「水沢、水沢っ、ついでだから僕にも教えて！」と言ってきた。椎名が涼太のところに持ってきたのは美化の仕事で、当日のゴミ箱設置ポイントの案だった。

「二宮、僕になんか、メモ書きさえくれずに『足りてない』の一言なんだけど……」

「あ、それは多分、前回の反省会資料ってあります？」

ここまで言うと、椎名はほとんど理解したようだ。

「あっ、そっか。そこまでは考えてなかった……」

椎名は過去の反省会資料を引っ張り出してくる。

「水沢先輩すごーい……二宮先輩の頭の中理解できるんだぁ」

「二宮先輩が言ったとおりだね。水沢先輩ならちゃんと教えてくれるって」

手伝ってあげた一年生の女子二人が心底感心したように言い、涼太は少し驚いていた。

(恭一が……俺のこと、そんなふうに言ってたんだ)

認めてもらえている、と思ったことがなかったから戸惑ったが、なんだか少し嬉しい。

「二宮先輩ってかっこいいけど、怖いし……困ってたんです。それに最近、なんかますます声かけづらくなっちゃったから」

「……そうなの？」

涼太は驚いた。一年以上前にクラブハウスの足洗い場で殿村《とのむら》たち陸上部の先輩が言っていたのを除けば、恭一に対する不平を聞いたのは初めてだった。

「なんかね？　どんよりしちゃって。疲れてるのかなあ」

「仕事のしすぎだよ。だって二宮、昨日なんか作ったデータ間違って全消ししてたもん」

椎名がおかしそうに笑い声をあげ、一年生女子が「えーっ」と素っ頓狂な声をあげた。

（恭一がそんなミスするんだ……）

涼太は信じられなかったが、椎名は「最近はミスばっかしてるよ」と肩を竦めている。

「これだから、北川にもっと頑張ってもらわないと。いくら二宮が有能でも、やっぱりまだ十七歳の普通の高校生なんだからさ」

その言葉に、涼太はなぜか胸をつかれた。十七歳の普通の高校生。恭一は意外と打たれ弱い、と言っていた北川の言葉が思い出された。


文化祭三日前の昼休み、涼太は真鍋に誘われて中庭で昼食をとっていた。昼休みの中庭はうらうらと晴れた光に照らされて暖かい。校舎のあちこちには文化祭の垂れ幕や飾りがかかり、柱には出し物のチラシが貼《は》られ、学校内はどこか浮き足だった雰囲気だ。

「文化祭直前で、恭一の部活の連絡票、ますますひどいの。昨日なんか『Y』の一言しか書いてないんだぜー。どういう意味？」

「イエスのYだろ？　了解ってことじゃん。真鍋、信頼されてるんだよ」

「そうなの？　もう俺、恭一の頭の中理解できない。生徒会が終わって本格的に二人で部を回すの、不安になってきた」

はーっと真鍋がため息をつき、涼太は笑ってしまった。

「それこそ恭一がなんでもしてくれるようになるから、ラクできるよ」

するとと真鍋は「それは涼太だから言えるんだよー」と呆《あき》れたような声を出した。その時、中庭に通りがかった二年生の男子生徒が二人、「あ、水沢。いたー」と駆け寄ってきた。二人は、生徒会で涼太と同じ臨時委員をしている。

「助かった！　これ、今日二宮に出さなきゃならなくて。チェックして！」

そう言いながら、二人が出してきたのは舞台スケジュールの一覧と、その進行原稿だ。涼太はこのところすっかり、恭一を通す前の安全な検閲役、駆け込み寺となっている。

「いいよ。見といて、五時間目終わったら届ける」

「恩に着る！」

二人はホッとした様子で去っていき、涼太は食べながら、全体をさあっと読んでいった。

「……涼太、なんか中学ん時みたいな感じに戻ったなあ」

ふと、真鍋が嬉しそうに言ったので涼太は思わず読んでいた原稿から顔をあげた。

「そうか……？　中学ん時みたいって……なにが？」

「だからさあ、中学の時、恭一が部長でお前が副部長だったじゃん。その時もさ、恭一のフォローお前がやってて」

「……そうだったっけ？」

「高校でお前、陸上辞めたろ？　恭一、ずっとしんどそうだった」

（え？）

そんな話は初耳だった。殿村たちからまたいじめられていたとか、そういうことだろうか。思わず緊張すると、真鍋が「あいつ、不器用だから」と言う。

「みんな恭一のことはすげえと思ってんだけど、仲良くはなれないって感じ。あいつも興味ない、みたいな顔だし。でも恭一ってお前がいるとちょっと、とっつきやすくなるから」

真鍋はまるで、涼太もそれを承知しているかのように言ってくる。

「中学の時、部の反省会で一年生が落ち込んでるのに、恭一が『三ヶ月前から同じこと言ってる』とか言って、微妙な空気になったこと、あったじゃん」

「……あー本当はタイム伸びてたのに、本人が分かってなかったやつか」

なんとなく記憶の底をさらいながら、涼太は返す。真鍋が「あの時、心底、涼太ってすげえって思っちゃったんだよな」と言ったので、涼太は眼をしばたいた。

「なにがすごいって、恭一がそう言った瞬間、マジ笑いしてただろ。なんでそういう言い方しちゃうの、もっときちんと言えよ、みたいなこと言って。俺さあ、涼太は恭一がどんな気持ちであいうこと言っちゃうのか、完璧に分かってんだって思ったの」

一ミリも疑わないんだなあと思った、と、真鍋が続ける。

「一ミリも、恭一が冷たいって思わないんだなって。俺なんか一瞬、恭一のやつ厭味《いやみ》ったらしいなーって思っちゃったけど。涼太は恭一が優しいって百パーセント思ってるから、笑えるんだなーって。それがすげえって」

　真鍋の言葉に、涼太は一瞬困ってしまった。意識したこともなかった。自分は昔、周りからはそう見えていたのか。

「……そんなの、俺、なんかバカみたいじゃんか」

「そう？　なんかお前らいい夫婦って感じで、俺は見ててすごい和んだよ」

「……それって、俺が女房かよ」

　むくれたポーズをとりながら、けれどどうしてか涼太は、瞼《まぶた》の裏に昼休み、一人ぼっちで練習していた恭一の姿を浮かべていた。以前は羨望《せんぼう》と劣等感しか浮かばなかったのに、今は思い出すと、なぜか胸が痛んだ。

（恭一が……十七歳の普通の男……か。そんなふうに考えたことなかったな……）

　思い返せば、仕事はできるからみんな頼りにして尊敬をしてはいても、恭一が一声かけることで生徒会室にいるメンバー全員が笑ったり……などということはない。そういう点では、北川のほうが好かれているし親しまれてもいる。

（そういや、初めの頃の会議でも、女の子に話しかけづらいって言われてたっけ）

　それでいて無口で、話していても時折一言二言言うだけ。それがまた痛いところをついていたり、たまに長文をしゃべるかと思えば相手を言い負かす時の理屈なのだから、怖いと思われるのも仕方ない。けれど普段の恭一は、人の話は黙って最後まで聞いてくれるし、怪我をしていると思えば毎朝でも迎えに来てくれるような男なのだ。

（そのせいで昼間に部活の練習したりするような……。そういいところもあるのに）

人が集まるのは恭一のようなタイプではなくて、やっぱり北川のほうなんだな、と思うと、過去の自分が恭一より北川を選ぼうとしたのもそんな理由だったのかと思う。けれど恭一が一人ぼっちで走っている姿を思い出すと、どうしてか胸がちくん、と痛んだ。

――お前に、好きになってほしかった……。

あの時、恭一は泣いていた。

（……俺は、なににわだかまってきたんだろ？　どうして今――恭一の気持ちに、素直になれないんだろ？）

その晩、涼太は過去の夢を見た。

――夢の中で、涼太は前も見た夢だ、と、思った。

五月の夕方、場所は恭一の家。二人きりのリビングで、涼太は恭一と話をしている。

「男だから、触られれば勃つし、好きじゃなくてもセックスできる。お前とだって」

そう言われて、涼太は泣くのをこらえ、恭一を睨《にら》みつける。

「やってみろよ。俺ともセックスできるんなら――」

その時恭一の眼に映ったのは、どこか傷ついたような腹を立てたような色だった。けれど次の瞬間には、まるでそう言った涼太を見下すような冷たい視線に変わった。

「お前こそ、途中でやめるとか言うなよ」

——気がつくと、情景はまた変化していた。

これはいつのことだろう？　夢を見ている涼太は、けれどすぐに気がついた。まっ暗な空にごうごうと風のうなる声が聞こえ、雨が激しく降っている。これは嵐の夜。八月七日のことだ。

涼太は自転車に乗って、学校へ向かっていた。

『今日の夕方、学校に来てほしい。生徒会室にいるから』

ズボンのポケットから取り出した携帯電話で、メール画面を確認し、涼太は雨合羽《あまがっぱ》のフードを被《かぶ》り直す。やがて学校へ着き、涼太は恭一の待つ生徒会室へ入った。

今日で終わりにしよう。涼太はそう考えていた。何度も何度も口の中で、その言葉を小さく反芻《はんすう》する。

生徒会室に行くと、中は電気がついておらず暗かった。

「恭一？」

そっと声をかけると、後ろからいきなり腕が回って、ぎゅっと抱き竦められた。恭一だった。

涼太の頬に熱がのぼり、きゅっと拳《こぶし》を握る。

「び、びっくりさせるなよ」

「北川さんが、下にいる」

北川がいると知り、涼太は慌てて恭一を払いのけようとした。恭一が、涼太の耳元で、苦笑気味に笑っている。

「見られたらいやなのか？　これから付き合うんだもんな……」

「まだ、決めたわけじゃない」

恭一に言われ、涼太の声は上擦《うわず》った。それを、恭一は鼻で嗤《わら》い飛ばしている。

「……まさか告白までされてたなんてな……知らなかった」

この日の朝方、涼太は恭一に北川から告白されたとメールで伝えていた。

「もう俺、お前とのこういう不毛な関係、やなんだよ。お互い……好きでもないのにセックスなんか……だから、やめるから」

口の中で何度も予行演習したセリフを、一息に言う。恭一は眉を寄せて、そして涼太を睨みつけた。

「お前が、最初に言いだしたくせに。他に抱いてくれる男がいるなら、俺は用済みか」

「……人のこと、淫乱みたいに言うなよ」

涼太の胸に痛みが走る。けれど恭一が眉をつり上げ「淫乱だろ」と言い捨てた。

「俺に抱かれて、すぐ後ろで感じるようになったくせに」

涼太は震えていた。肩をすぼめ、今にも泣きたいのを我慢していた。

「とにかく、俺、やめる。やめるから」

ふうん、と恭一が眼を細める。見たこともないほど、酷薄な眼つきだ。恭一はズボンのポケットから、煙草《たばこ》を出して火をつける。涼太がふと恭一の青いネクタイと金バッジに気がついたのは、その時だった。

「……なんでお前、三年生になってんの？」

「北川さんの代理で、会長の顔して行かされたから……」

台風はもうこの辺まできているのだろう、急に雨が強くなり、窓ガラスがガタガタと揺れている。煙草を消した恭一が、間を置かずに涼太の腕をとった。

「これ着てるんだから、俺を北川さんと思えばいいだろ？」

冷笑を含んだ声に、涼太はカッとなった。腕を振り払おうとしたが、恭一は力任せに涼太の手をひき、あっという間に組み敷いてくる。

「ずるいよ、お前！　もうやめるって言っただろ！」

「ずるいのはお前だろう！」

恭一が引き絞ったような声で、うめいた。貪《むさぼ》るようなキスをされる。

涼太が泣き出す。しゃくりあげる声が、嵐の夜に響く――。

気がつくと、今現在の涼太は、まっ暗な虚空の中に立っていた。

眼の前にもう一人の自分がいて、うずくまって泣いている。声を引き攣らせ、何度も何度もしゃくりあげている。涼太はそっとしゃがみこみ、泣いている自分と視線の高さを合わせるようにした。

「……なんで泣いてんの？」

小さな声で訊ねると、もう一人の自分は泣きながら「辛いんだ」と言う。

「なにが？　恭一に、無理矢理抱かれたから？」

違う違う、と泣いている自分が首を横に振った。

「――恭一が俺に訊いてくれなかったから」

返事を、と言って、もう一人の涼太は泣いている。

「もうずっと、俺は考えてたのに……そのことだけ、ずっと考えてたのに……」

（そんなに泣いたら、眼玉が溶けちゃうぞ……）

夢の中で、涼太は泣いている自分の頭に手を伸ばした。そっと撫でてやる。何度も何度も。

泣き止《や》むまで、こうしてやろうと思った。そして、かわいそうになあとも、思った。

（そっか。俺はただ俺も好きだよって、返事したかっただけ、なのかもしれない……）

十

日々は忙《せわ》しなく過ぎ、とうとう文化祭当日となった。その日準備委員メンバーは朝六時の登校だったので、涼太《りょうた》も早朝からばたばたと支度をした。母親は、妹を連れて昼から行くから、と言ってきたが、涼太は忙しいから相手できないよ、と断った。

「分かってるわよ。恭一《きょういち》くんに会えるかしら？　最近全然来てくれないものね」

「恭一はもっと忙しいんだから迷惑かけるなよ」

母親には、恭一と距離を置いていることはバレていない。どうやら文化祭準備で忙しく、登下校の迎えもできないものだと思ってくれている。

「あーあ、残念だわ。でも一応、着いたら携帯に電話するから。あ、そうだ携帯と言えば」

母親は思い出したようにぽん、と手を打つと、エプロンのポケットから小さなＳＤカードを取り出して渡してきた。

「こないだ、携帯ショップに古い機種持ってったでしょ。あんたの電話のデータ、電話帳くらいしか新しいのに移してないじゃない。壊れた分いくらかは修復できるって言うからやってもわると、後夜祭が始まりキャンプファイヤーが焚《た》かれ、恒例のフォークダンス曲が流れることになっていた。

ちょうどその頃、涼太は生徒会室に向かっていた。ゴミ袋が足りなくなったので、取りに行くところだった。クラスの出し物もあらかた終わったらしく、ほとんどの生徒が後夜祭に参加するため校舎からいなくなっていた。F棟の一階廊下を歩いていると、ふと前方から声がして涼太は立ち止まった。

見ると、それは恭一と一年生の女子生徒二人だった。一年生の女子生徒は、いつだったか涼太が原稿を手伝ってあげたオープニングセレモニー担当の二人だ。

「原稿、よくできてたよ。二人のおかげで成功した」

恭一が穏やかな口調で二人を褒《ほ》め、二人は嬉《うれ》しそうに顔を見合わせている。

「実はあの原稿、水沢先輩が手伝ってくれたんです」

女の子たちが照れた様子で言うと、恭一は少し笑ったようだった。柔らかな気配が、涼太のところまで漂ってきた。

「だと思った。涼太は、俺よりああいうことが得意だから」

その声にはほのかに自慢げな色が混じり、涼太は驚いた。

「やだあ、二宮《にのみや》先輩、すぐ水沢先輩のこと褒める」

女の子たちはきゃあきゃあとはしゃいでいたが、恭一に「早く後夜祭行っておいで」と言われると「はあい」と元気よく廊下を駆けていった。

二人を見送って、踵《きびす》を返した恭一が涼太を見つけ、ハッとしたように足を止める。二人きりで向かい合うのは多分、恭一が登校前に涼太を待ち伏せし、「もう諦《あきら》めるから」と言ってきた日以来のことだった。

「……生徒会室戻るの？　それ、俺、手伝うよ」

恭一は、両腕いっぱいに使い終わった模造紙や原稿の束を抱えている。ためらいつつも、涼太が軽くあごをしゃくって言うと、恭一はしばらく黙っていたが、やがて、

「じゃあ、頼む」

と模造紙の束を差しだしてきた。涼太はそれを、両手で抱えた。

「右手、もう大丈夫なのか？」

渡す時、恭一が窺《うかが》うような声で訊《き》いてきた。涼太は平気、と答えた。実際、一度症状が悪くなっていた右手首も、この十数日でかなり回復していた。

二人並んで、四階のF棟へ向かう。しばらくは会話もなく、涼太もなにを話せばいいのか……と思った。緊張もして、妙に胸がドキドキと早鳴りしだす。

「涼太……かなりみんなの助けになってくれたみたいだな。聞いてるよ。ありがとう」

ふと恭一が言ってきて、涼太はドキリとした。

「涼太なら上手《うま》くまとめてくれると思ってた……やりやすかった。助かった」

と言っても、涼太自身は恭一と口をきいていたわけでもないし、一方通行の助けだったのだ。それでもそう言われると、胸の奥がほっこりと温かくなるような気がした。

「……恭一、また今度のテストで一位とって、来年は会長になったりしてな」

冗談めかして言うと、恭一が穏やかに笑った。その笑顔が懐かしく、涼太は不思議な気持ちになった。そういえば長い間、恭一のこんな笑顔を見ていなかった、と思う。

「もうならないよ。生徒会副会長もあと一ヶ月半でやっと終われる。ホッとしてる。……俺はどうも、人をまとめられないから」

「そんなこと……ないだろ？　お前、立派にやってたじゃん」

恭一がこんな弱音を吐くのを聞いたことがなかったから、涼太は戸惑った。思わず庇《かば》うようなことを言うと、恭一は力の抜けたような顔でありがとう、と言ってきた。

「でも俺にできるのはただ真面目にやることくらいだよ。長をやるなら北川《きたがた》さんとか……ああいう人間的に魅力のある人じゃないと」

「お前だってモテモテのくせに」

「そうでもない。怖がられることのほうが多い」

「や、だって、こないだ桜井《さくらい》にキスされてたし……」

思わず言って、涼太は気まずくなった。恭一が驚いたように見下ろしてくる。それに眼を逸《そ》らしながら「ごめん。前に屋上で……たまたま見ちゃって」と言い訳する。

「あの時お前、煙草《たばこ》も喫《す》ってたろ。びっくりした……さ、桜井とまだ付き合ってんの？」

「なんでだよ。俺はお前が好きだったたって言っただろ」

苦笑され、涼太は黙り込んだ。好きだった、という言葉に、心臓が跳ね上がる。

「煙草は、ほとんど喫ってない。風紀委員の押収品もらうことがあって、たまにイライラすると……。いい癖じゃないな。隠してたわけじゃなかったんだ。桜井は、最初の別れ方に納得してないらしくて、何度か迫られた。でももう断ったし、最近は連絡もないから他に相手ができたんじゃないか」

説明され、涼太は「最初の別れ方って……」と訊いた。

「まあ俺が、一方的に別れたいって言ったから。そもそも付き合った動機が不純だった」

「……好きじゃないけど、とりあえず付き合ったってやつか？」

「というより……桜井がお前を好きだって噂《うわさ》があったから。それで最初話しかけた。俺のことを好きにならないかと思って。まあ、仕向けたようなところがある」

涼太はぎょっとして、恭一を見上げた。恭一は口の端で苦笑し「最低だろ」と言った。

「桜井には、悪かったと思ってる」

涼太は驚きながら「なんでそこまで？」と訊いた。

「……お前が桜井と付き合ったら嫌だったから」

はっきりと言われて、涼太は言葉に詰まった。ひどいやつだと思いながら、さほど悪い気が

「気がついたら好きだったしな……ああ、でも、お前が昔、運動会で俺が一人でメシ食ってるの見て、淋しいだろって誘ってくれたろ。あの時かもな」

涼太は言葉も出なかった。それが仲良くなったきっかけなのに、その時恭一が恋に落ちたと言うのなら、もう十年越しの恋になる。

正直俺は、淋しいとは思ってなかったんだけど、と恭一が微笑《ほほえ》む。

「ガキの時から一人には慣れてたから。でもお前はそんなの問答無用で、いつも俺が淋しいんじゃないかって心配してくれたろ。なんだろう。親がそばにいないのは淋しくなかったけど、お前が隣にいないと……淋しく感じるようになって」

ずっと一緒にいたいと思っただけ、と恭一が言った。

「それが、いつの間にか好きになってたんだろうな……」

恭一は最後、ほとんど独り言のような声になる。胸の奥が微《かす》かに痛み、涼太は唇を噛《か》みしめた。自分が離れようとして、でも離れられなかった間、恭一もずっと同じことを思っていたのかもしれない……。

生徒会室に着く頃には、校内放送は式典の音楽を終え、後夜祭の開催を告げるアナウンスが流れてきた。太陽は西空の際にわずかに残っているだけで、人気《ひとけ》のない教室にひっそりと薄闇《うすやみ》が漂い始めていた。涼太がゴミ袋をとって出て行こうとすると、恭一はソファに腰を下ろしてしまった。

「……恭一、行かないの？　もう後夜祭始まるぜ」

声をかけると、恭一が「俺はいいよ」と答えた。

「お前は楽しんで来いよ。手伝ってくれてありがとう」

静かに微笑む恭一に、涼太は「……そうか？　じゃあ」と言って教室の出口へ向かった。けれどどうしてか——ふと、気になって振り返る。恭一は、淡く西日の残光が射しこんでくる窓の向こうを、ぼんやりと眺めていた。

端整な横顔にはうっすらと疲れがにじみ、どこかやつれているようにさえ見えた。

（俺が出て行ったら……恭一は多分ここでずっと、一人で座ってるんだろうな……）

浮かれた音楽が流れて、みんながフォークダンスをしたり輪になって笑い声をあげている間、恭一はここで一人きりでいるのか。誰もそのことを知らないだろう。なにもかも完璧《かんぺき》にできて、強い男だと思っていた。けれど本当の恭一は少し臆病《おくびょう》で、少しずるい、けれど恋に必死な普通の男子高校生、なのかもしれない。

（淋しいなんて、言われたこと、ないけど）

けれどいつも涼太は、恭一の淋しさを気にしていた。本当は——恭一がいなければ淋しいのは、自分だった。

涼太の脳裏には十年前の、真昼の教室が浮かんでくる。ガランとした小学校の教室。窓の外は快晴で、賑《にぎ》やかな運動会の音楽が聞こえていた。教室に忘れ物を取りに戻ったら、後ろの席で一人ぼっちで弁当を食べている恭一がいた。弁当は、コンビニエンスストアで買ってきたようなできあいのもの。表情もなく静かに食べている恭一を見た時、まだ幼かった涼太の胸に、淋しいという感情がわいた。

——淋しかったのは、本当は、自分のほうだった。

その時不意にはっきりと、涼太は思った。恭一があの時、涼太に手を引かれた瞬間恋に落ちたのだとしたら、自分は恭一の一人ぼっちの横顔を見た瞬間、恋に落ちたのかもしれない、と。

その時校内放送から、フォークダンスの音楽が流れ始めた。

「涼太？　行かないのか？」

いつまでも立ち尽くしている涼太を、恭一が不思議そうに振り返った。その端整な顔を見た瞬間、涼太は怒鳴っていた。

「……お前、なんで気づかないんだよ……っ？」

それは胸の奥で、溜《た》めていた感情が爆発した瞬間だった。恭一は、ぽかんとした顔でそんな涼太を見上げてくる。

「十年も一緒にいたら、普通分かるだろっ？　俺が好きなのはお前に決まってんじゃんか！意地だけで男とセックスできるほど、俺、強くないよっ」

言ううちに、長い間抑え続けていた怒りや悔しさが溢《あふ》れ、思いがふくれあがっていく。

「お前がいきなり女の子と付き合うからっ、だから俺はショックだったの。別れてほしかったから寝たんだよ！　北川さんと付き合うって言ったのも、引き留めてほしかったからっ、なのにお前、自分のこと北川さんだと思って抱かれろとか、俺のこと淫乱《いんらん》とか……ひどいこといっぱい言った！」

体の内側が熱くなり、涼太の眼からどっと涙が溢れでた。

「なんで、待ってくれないの？　今も、結局諦めたとか言って、自己完結して……お前、本当に俺のこと好きなの!?　好きなら、簡単に退《ひ》くなよ！　中学の時だって、お前俺のこと好きって言ったのに、すぐに返事は要らないって言った……なんで？　俺はずっと考えてた。ずっと考えてたのに。俺を好きだったのは昔のことだって言われて……俺、めちゃくちゃ傷ついた……っ」

「涼太……」

不意に恭一が立ち上がり、頬《ほお》にこぼれた涙を、震える指で拭《ぬぐ》ってくれる。涼太はその時、なにかに背を押されたように、恭一の胸へ飛び込んだ。首に腕を投げ、抱きつく。腕の中で、恭一の体がわずかに強《こわ》ばったのを感じた。

そして次の瞬間、強い力で抱きしめられた。

耳元で、恭一が絞り出すように「ごめん」と言う。その声は震えている。

「……一緒にいたかったんだ。答えを要求したら、もうダメになると思った」

声に涙がにじんで聞こえる。不意に涼太は、胸が締めつけられるのを感じた。

(恭一は、まだ、俺が好きなんだ……)

涼太を抱いているのは、ばかげた間違いを犯し、泣いているただの恋する十七歳。恭一は自分と同じくらい弱いところがある。けれどその弱さに、今は切ないほどの愛《いと》しさを感じた。

(俺たち二人とも、嫌われたらって怖がってたんだ……)

本当のお前を見つけてあげられなくて、ごめんな。涼太は胸の中で、そっと呟いた。

「俺のことまだ好きなら、ちゃんと告白しなおせよ。それで、今度はちゃんと返事を要求して。もう、要らないなんて言うな。俺もちゃんと……答えるから」

涼太は自分の涙を拭い、恭一の肩を掴《つか》んで自分から離した。恭一は泣き濡《ぬ》れた眼をしていた。けれど久しぶりに間近に見る整った顔に、涼太は緊張した。近づいて、体が密着していても、恐怖は感じない。ただドキドキするだけだ。

恭一がじっと涼太を見つめ「その」と口ごもった。いつもよどみなくしゃべる恭一が、口ごもること自体が奇跡だ。薄闇の中でもその頬にうっすらと赤みが射すのが分かり、涼太は新鮮な気持ちになった。

「……今もまだ、ずっと、好きだ。きっと、これからも、ずっと……」

恭一らしくない、素朴で、どこか不器用な告白だった。けれど見つめる恭一の瞳には、真剣な光が宿っている。そしてどこか、怖がるような視線でもある。

「あの、涼太。返事は……？」

おそるおそるのように訊いてくる恭一に、涼太はたまらず、微笑んだ。笑うと、素直な喜びが胸にわいた。緊張は吹き飛び、心が弾むように軽くなる。

「とりあえず、保留」

言うと、恭一が明らかに悲しそうな顔になる。それがおかしくて、涼太は恭一の首に腕を回し、軽いキスをした。

「……嘘だよ。俺、もう昔みたいに素直じゃないけど、それでもいい？」

はずみでキスしたことになんだか照れながら訊くと、恭一が言葉もなく何度もうなずく。

「じゃあ……俺も、恭一が好きみたい」

その言葉は最後まで言う前に、消えてしまった。恭一が思いあまったように涼太を抱き竦め、激しく、口づけてきたからだ。

熱い舌に咥内《こうない》をかき回されただけで、涼太の体はくったりと柔らかくなった。その時、もう既に硬くなった恭一の欲望が涼太の腿《もも》に当たった。思わず見上げると、恭一が頬を赤らめ、気まずそうな顔になった。

「わ、悪い。気にするな」

恭一は、まるで悪いことをした後のように涼太を離そうとしてくる。ふと涼太は、数週間前のバスルームで恭一が「お前とはしたくない」と言っていたことを思い出した。

（恭一、きっと俺を——傷つけると、思ったんだ）

以前のように、ただ体だけ欲しがったと思われて涼太が傷つかないように、恭一は我慢してくれたのではないか。そう思うと涼太は、胸の奥から切ないような愛しさがわきあがるのを感じ、とっさに恭一のシャツへしがみついた。

「恭一。俺、お前と何度も寝てたみたいだけど……本当はその記憶はほとんど戻ってないんだ。だから……今度はちゃんと、ちゃんと、好き同士のエッチがしたい……だめ？」

今の涼太にとっては精一杯の、素直な言葉だった。見上げると、恭一はこれまで涼太が見たこともないような顔をしていた。頬を赤らめ、眼を丸めている。

「なにが……？」

「……お前は、知らないから」

「お前を抱くと、俺には理性がなくなること」

思わずなにか返そうとした矢先、それは叶《かな》わなくなった。恭一が、今度はさっきよりもずっと激しくどん欲な口づけで、涼太の声を奪ったからだった。

「あ……っ、ん、ん、あ、や……っ」

西日の射しこむ生徒会室の中、涼太はソファの上へ押し倒されていた。

もう、口の周りは互いの唾液《だえき》でしっとりと濡れている。シャツをたくしあげられ、露《あら》わになった上半身には恭一のキスが落ちてくる。

薄い肌に恭一の指が這《は》い、乳首をつままれてきゅっと引っ張られると、とたん背筋にぞくぞくしたものが走ってズボンの下で性器がふくれ、涼太は「あっ」と声をあげた。

「あ……んぅ」

涼太は羞恥《しゅうち》に、眼をつむった。

（こんなとこが……こんなに感じるなんて）

恭一と何度か寝ていたらしいし、風呂場でイカされた時も触られていたけれど、心を通わせてからの触れあいではなかったから、今こうして触られているのが「初めて」と言ってもいいくらいだ。だからなのか、よけいに戸惑ってしまう。

「涼太、これ、気持ちいいか……？」

突き立った乳首の上にちょん、と指を乗せて恭一が囁《ささや》く。その声はどこか探るような、心配するような声だ。胸の小さな飾りから下の性器へ向かって、じんわりした快感が伝っていき、涼太は唇を噛んだ。胸がぴくんと揺れると、恭一の指の表面に乳首が擦《こす》れて、もどかしい官能が走る。

「涼太……だめか？　乳首、気持ちよくない？　気持ちいい？」

「さ、さっきからなんでそんなに、訊くんだよ、……あっ」

乳首を柔らかく押しつぶされ、涼太はまっ赤な顔で息を乱した。

「――前は、いつも無理矢理みたいな感じで、訊けなかった。お互い意地張ってたし……だから、今はお前が気持ちいいことだけ、してやりたいんだ。……涼太は、乳首触られるの、好きか？」

（……は、反応見てたら、わ、分かるだろ？）

涼太は恥ずかしさで、半ば腹が立った。さっきから、恭一がちょっとでも乳首を刺激するたびにぴくぴくと体を揺らし、吐息を漏《も》らしている。なのにしつこく訊いてくる恭一を、涼太はじろっと睨《にら》んだ。

「指じゃだめか？　じゃあ、これは？」

すると恭一はなにを思ったか、分厚い舌でぺろり、と涼太の乳輪を舐《な》めてきた。もどかしい官能に、涼太は「あ……」と悶《もだ》えた。

「涼太、気持ちいい？」

乳首を口に含まれたまま喋《しゃべ》られ、涼太はとうとう「い、いいってば」と蚊の鳴くような声で答えた。

「き、気持ちいいから、いいから、もう、ちゃんと触れ……」

こんなことを言わせるなんてバカじゃないのか、と思ったが、胸の上で恭一が嬉しそうに微笑んだのを見た瞬間、涼太の怒りは吹き飛んでしまった。

恭一が片方の乳首を吸い込み、もう片方を今度は強めにひねってくる。とたん、甘酸っぱい快感で、涼太は前の性器がさらにふくれあがるのを感じた。恭一は乳首を弄《いじ》りながら、ズボンの上からきゅっと性器を握ってくる。

「よかった……。大きくなってる。……ズボン、濡らさないように脱がして、いいか？」

（こ、こいつ……）

涼太はまっ赤になって震えた。恭一は自分がどれだけ涼太を辱《はずかし》める言葉を口にしているか、自覚していないのだろうか？　けれどどこか心配そうに訊いてくる恭一の顔を見ると、涼太は文句を言えず、小さく頷《うなず》いた。

「……ありがとう」

額にちゅ、とキスをされ、涼太はもう言葉も出ない。

（え、エッチの時、こ、こんなふうになるの？　こいつ……）

いつも無口なくせにやたらと饒舌《じょうぜつ》だし、胸焼けしそうなほど甘ったるい。どこか遠慮がちなくせに、手つきだけはやたらと巧みだ。たしかに、バスルームでぬかれた時もいつもより喋っていた気がする。けれどこんなふうになにをするにも一々確かめてはこなかった。

「お、お前って……え、エッチの時、なんでこんなにいちいち、丁寧なの？」

丁寧にズボンを脱がしてくる恭一に、思わず訊く。

「……丁寧かどうかは分からないけど、単純に、涼太に嫌われたくないだけだよ」

口の端で、どこか困ったように小さく笑う恭一に、涼太はドキリとした。そういえば――いつも言葉少なだが、涼太を心配する時だけは、口数の増える男だったと思い出す。

(俺を、思ってくれてる……のかな?)

その時、恭一が下着の中に手を差しこみ、涼太のものへ直《じか》に触れた。先端をくるりと撫でられ、もみこまれると、とろとろとした蜜《みつ》がじゅわっとあふれて竿《さお》が濡れた。

「ここ、いいか? 先っぽ撫でるの……」

恭一は空いた片手でしつこく乳首を弄りながら、まだ恥ずかしい言葉を口にしてくる。

「や、……あ、あ、あ」

先端の鈴口を親指の腹で押され、涼太はびくびくと震える。恭一が膝《ひざ》のところに止まっていたズボンと下着を取り払い、一人だけ裸にされて、涼太はますます恥ずかしくなった。

「……涼太、涼太のこと気持ちよくしたいから、恥ずかしい格好させて、いいか?」

「恥ずかし……あ、格好って……あ、あ、ん」

あちこち弄られながら訊かれると、思考が追いつかない。恭一が「こういうの……」と言い、涼太の片足を掴んで、ソファの背へかけてきた。もう一方の足も太ももからぐいっと開かれ恭一の膝の上に腰を乗せられて、涼太は一番奥の場所を恭一の眼にさらすような格好にされた。

「あ、や……っ」

「可愛《かわい》い……すごく。興奮する。……いや？　いやならやめるけど」

そう言う恭一の股間《こかん》が、涼太の後孔《こうこう》へ当たっている。そこはもうすっかり硬くふくらんでいる。布越しに恭一の興奮と欲情が感じられ、涼太もまたうずくように体の芯《しん》が熱くなるのを感じた。

（な、なんだろ、これ……）

恥ずかしいと思っている以上に、どうしてか、後孔がひくんと動いてしまう。まるで中に、早く入れてほしがっているように……。

やがて恭一は人差し指で涼太の先走りをすくい、後孔へひたりと押し当ててきた。広げた足の間でそそり立った性器が震え、同時に、涼太の奥がうずく。じっと見下ろしてくる恭一の眼に情欲が灯《とも》っているのが分かり、涼太はこくりと息を呑《の》んだ。後孔の秘肉が勝手に蠢《うごめ》き、押し当てられた恭一の指を自ら、柔らかくくわえてしまう。

「……涼太、中、触っていいか？」

「だ、だから、い、いいってば……」

涼太はもう泣きそうな声を出した。恥ずかしいのに、足を閉じられない、ひくひくと動く後孔を抑えられない、辱めるように性器を晒《さら》させ乳首を弄ってくる恭一をはね除けられないのは
——好きだからだ。

（俺……めちゃくちゃ、やばいかも……）

涼太は頭の隅でそう思った。自分はこれから、恭一の要求がどれだけ恥ずかしくても、恭一が望むならしてあげたい――と、きっと思ってしまう。好きなら甘やかしたい。北川の言っていた言葉が、今になってひしひしと分かる。

そして恭一の指が中へ入ってくると、体の芯に甘いものがじわっと広がった。

「あ……、や、やだ……っ、あ、あ、あ」

恭一がつぼみを弄りながら涼太の性器を握り、ゆるゆるとしごく。腰をあげてでんぐり返しのような格好をさせられているから、しごかれて蜜を垂らす自分の性器も、ぴんとふくらんだ乳首もしっかり見えてしまう。

「気持ちいいか？　涼太、この中、ここが好き？」

恭一が中で指を折り曲げたとたん、まるで波のように快感が押し寄せてきて、涼太の前の部分がびくんと脈打った。中でかき回すように指を動かされると、性器にもどかしい熱がじいんっと集まり、いやらしい蜜があふれでた。

「あ……、あっ、あ……っ、あぁ……んんっ、なに……や……っそこ、あ……っ」

「涼太、ここ、いやか？　それともいい？」

何度も何度も訊かれ、涼太はとうとう「い、いいよ」と言ってしまった。

「……よかった。前よりずっと中が動いてるよ。前もここを触ると涼太は可愛くなったけど、今はもっと可愛い」

「な、なにが、……あ、あ、やだ」

腰から下がとろけてしまいそうで、涼太はがくがくと揺れた。恭一の言葉にさえいちいち官能が深くなり、耳から脳を犯されているような気になる。

「一本じゃ足りない？　二本にするとどうだ？　きつい？」

恭一は指を二本に増やし、中で閉じたり開いたりしてきた。冷たい空気が広げられた後孔の中へ入ってきて、涼太はびくんっと震えた。

「涼太。教えて。……これ、気持ちいい？」

「も、もう……っ、き、気持ちいいって、言ってるだろぉ……っ」

あまりの恥ずかしさに、涼太は涙声になる。すると恭一はホッと息をついて伸び上がり、胸の上でふっくらとふくらんでいた涼太の乳首を口に含んで、吸い上げた。瞬間、びりびりと下半身に甘いものが響き、腰が勝手に揺れ始める。

「あっ、あぁ……っ、あ、あ、あぁっ」

恥ずかしいのに、涼太の腰は恭一の指に合わせてひくひくと跳ねている。

（あ、足りない、もっと……もっと奥が）

涼太は自分の体が信じられなかった。後孔の奥が、まだ物足りないのだ。もっと硬くて大きなもので、揺さぶってほしい——その焼けつくような欲望が、理屈ではなくこみあげてくる。

それなのに恭一はなかなか入れてくれようとはせず、涼太の後ろを二本の指で延々弄り続けている。

（も、もう、もうだめ……っ）

「き、恭一、そ、それ、ちょっと……もう」

涼太は上擦った声で、恭一へ呼びかけた。けれど恭一は心配そうに、「きついか？　もう、やめるか？」と訊いてくる。その態度に、さすがに涼太も苛立《いらだ》った。

「あ、あのさ……っ、俺のこの状態見て、なんでやめるって思うの？　お、俺も好きだって言ったじゃん……、エッチしてって言ったの、俺だろ……っ、だから、もう、い」

涼太の声はか細く、聞こえないほど小さくなる。

「入れてって、言ってんの」

恥ずかしいセリフ。ひかれていたらどうしよう、と不安が頭をよぎった時、不意に恭一が、涼太の体をぎゅっと抱きしめてきた。制服のシャツごしにも分かる、厚い胸板。その下で鼓動している恭一の心臓の音まで、聞こえてきそうな気がする。

「……恭一、な、なに？」

「いや。……ただ、嬉しくて」

そう言うと、恭一は腕を緩めて涼太の唇に優しくキスをしてくれた。そうしながらズボンの前をくつろげ、自分の硬くなった性器を涼太の後孔へあててくる。たったそれだけで、涼太はひくんと尻《しり》を揺らした。

「いい……？」

恭一の声には、拒絶されることへの不安と、涼太を思いやる心配とそして——切迫した欲望が潜んでいる。

見上げると、西日を受けて光る二つの眼にも、同じものが灯っている。愛情と恐れ、欲情が。涼太の胸がドキドキと鳴り、体の奥が熱く甘くなる気がした。

「……俺、セックスの記憶って怖いのしかないから」

言うと、恭一が苦しそうに眉《まゆ》を寄せた。きっと、無理矢理涼太を抱いた日のことを思い出したのだろう。けれど責めたいわけじゃない。

「だから……今日でそれ、変えてな」

聞いた恭一が、甘く、どこか安堵《あんど》したように微笑んだ。羽根のように軽いキスが、頬に落ちてきた。そのキスだけでも恭一の気持ちが分かる。涼太を好き。恭一は、そう伝えてくれている。

「優しくする。怖い記憶を、全部気持ちいいものに塗り替えられるくらい……」

やがて涼太の後孔に、硬い杭《くい》が、ゆっくりと侵入してきた。

「は……、あ、あ、あ……」

「涼太、大丈夫か？　痛くない？」

恭一が、気遣わしげに訊いてくる。涼太は平気、と喘《あえ》ぎながら言った。体の奥まで恭一の熱で満たされたら、痛いより、苦しいよりも、もっと別の感情がわいてくる。

それは、欠けていたものが一つになったような気持ちだった。

(……俺は、恭一が、本当に好きなんだ)

そうだ、本当はあの嵐《あらし》の夜だって、あれほどいやだと思いながら――きっと心の奥底で、望まれて抱かれていたに違いない。小さな頃から今まで、涼太の頭の中には恭一しかいなかった。恭一以外、いなかったのだから。

「涼太……好きだ」

「あ……」

好きと言われると、涼太の中がうねる。恭一がゆるゆると腰を揺らしはじめ、さっきまで感じていた場所を刺激されると、それだけで一瞬、ふわっと宙に浮くような快感があった。

「あ、あ、あ、や、あ……っ」

引きずり込まれるような快感に、脳まで蕩《とろ》けそうになる。硬い杭が中を行き来するたび、涼太のそこはきゅうきゅうと締まり、腰は別の生き物のようにがくがくと揺れた。

「気持ちいい？　……お前の中、すごく動いてる」

こくこくとうなずき、必死で、

「い、いいよ……なんか、とけちゃいそう……」

返すと、涼太の中で恭一のものがどくんと脈打った。

「やっ、あ、なに……」

「お前が、可愛すぎて……。ごめん、優しくできないかも……」

「え？　え、あっ、ああっ」

ぐっと腰をつかまれたかと思うと、次の瞬間恭一が激しく腰を突き出してきた。肌と肌がぶつかって、音をたてるほど深く抜き差しされ、頭の奥が引き絞られるような快感に前後さえ分からなくなる。

「あっ、あ、だめ……っ、あっ、あー……っ」

寄せてはひいていく官能のさざ波の後、不意に大きな波が涼太を襲った。体がびくんと跳ね、後ろがきゅうっと締まる。

「……は」

恭一が息を漏らし、腹の中で飛沫《しぶき》を噴き出す。その瞬間、涼太の前は弾け、白濁したものが胸まで飛んできた。


フォークダンスの曲はいつしか終わり、今では後夜祭の終わりを告げる曲が流れていた。グラウンドに集まっている生徒たちが、昔から親しまれているその曲を自然と合唱しはじめた。薄墨色に染まった生徒会室の中にも、窓越しに、遠くその声が聞こえてくる。

涼太は裸のまま、生徒会室のソファで恭一と折り重なって、ぼんやりとしていた。わずかな扉の隙間《すきま》からうっすらと秋の風が吹き込み、涼太はくしゅん、とくしゃみをした。

「寒いか？　なにか温かいものでも買ってこようか」

くしゃみ一つで恭一は慌てて上半身を起こし、涼太に衣服を着せ始めた。

「服くらい自分で着れるって」

と文句を言いながら、けれどなぜか素直に、涼太は世話を受けていた。すると恭一はどこか嬉しそうに、涼太のシャツのボタンを締めてくる。

好きなら優しくしたい。北川の言っていた意味が、涼太にももう分かる。涼太も恭一の喜ぶことをしてあげたい。だとしたら、こうやって優しくされることを素直に受け取るのも、悪くないかな……と思えた。

と、穿《は》こうとしたズボンのポケットから、なにか黒いものがぽろりとこぼれ落ちた。なんだろうと拾い上げると、それは今朝母親から渡されたＳＤカードだった。

（そういや、中になんか、残ってるのかな……）

なんの気はなしに、涼太はＳＤカードを携帯電話に差しこみ、中身を確かめてみた。画像データはほとんど飛んでいたが、メールのデータは、半分くらい残っている。

送受信ボックスをさらっと確かめて、涼太は未送信フォルダを開いた。なにもないだろうと思っていたが、そこに、涼太は何通か書きためた下書きを見つけた。よく見ると、八月七日のものもある。

涼太は思わず息を止め、メールを開いた。宛先《あてさき》は、恭一。そうして本文はいきなり、『好きです』と始まっていた。

『好きです。北川さんと付き合いたいわけじゃない。でも、好かれてないのに抱かれるのは嫌です。恭一はもう、俺を好きじゃないですか？』

メールはそこで終わっている。他の未送信メールを開いても、全部似たような内容だった。見ると七月ごろから、一ヶ月の間に何通も何通も同じようなメールを書いていたらしかった。

（俺って、バカだな――……）

読んでいるうちに、涼太は小さく笑ってしまった。なんだ、と思う。自分はもうずっと前から、ただ恭一を好きだったのだ。けれど勇気がなくて、伝えられなかった。

なに見てるんだ、と恭一が不思議そうな顔をしたので、涼太はにっこり笑って携帯をしまった。

「なんでもないよ。それより、後夜祭、もう終わるけど、ちょっと行ってみる？」

訊きながら、涼太は窓外を見た。すっかり日暮れた暗い空に、キャンプファイヤーの火の粉がちらちらと舞っていて、それが赤い雪のようだ。ふと、以前にもこんな光景を見たと思った。

（そうだ。夢の中だった。……あれは白い鏡の破片だったっけ。破片の一つ一つに、俺の古い記憶が映ってて……）

「……あ」

その時無意識に、涼太は呟いていた。恭一が顔をあげ、「どうした」と訊いてくる。

「――ううん。ちょっと、な」

火の粉を見ていたら、涼太の中には忘れていた記憶が、ほんの一秒二秒の間に、怒濤《どとう》のように戻ってきたのだった。戻ってきたのも一瞬だったけれど、頭のタンスの中に、それぞれきれいにしまいこまれたのも一瞬だった。そうしてすべて思い出した今も、涼太には特になにも変化はない。きっと本当は、初めからあったものだからだろう。ただ、正しいタンスに入っていなかっただけで。

だから、あえて言う必要もないと、涼太は思ったのだった。

「なあ、行こうか。最後くらい、文化祭楽しまなきゃ」

立ち上がると、涼太は恭一の手をきゅっと握って引っ張った。

――涼太が好きだからだ。

耳の裏に、そんな言葉が蘇る。それは今の記憶ではない。頭の奥で、長く眠っていたものが呼び覚まされたような――それは、恭一の声だった。

（……嵐の夜、雷の音で聞こえなかったけど……あの時）

どうして俺を抱くんだと訊いた時に。その答えを、聞いていたような気がする。

長い間記憶の奥底に眠り、涼太の心に謎かけをしていた呼び声は、今になってはっきりと戻ってきたのだろうか？

けれど涼太にとって過去の記憶は、もうどちらでもよいものだった。

「行こ、恭ちゃん」

久しぶりにそう呼ぶと、恭一が嬉しそうに、どこかはにかんだように笑った。

あとがき

はじめまして&こんにちは。樋口美沙緒《ひぐちみさお》と申します。嬉《うれ》しいことに、このお話は私にとって、キャラ文庫さんでは初めての本です。お手にとってくださった皆様、本当にありがとうございます。

というわけで、記憶喪失ものです。

プロットを切った時は単純に、俺ゴーカンされた？ と悶々《もんもん》とする受が書きたいというだけだったので、担当さんから「むこう十年は記憶喪失もの書かないくらいの覚悟で書いてくださいね！」とご指導いただいて、見合わせの甘かった自分にちょっと不安になりました。そんなわけで一生懸命書いてみたのですが、楽しんでいただけたか……やっぱり不安です。

とはいえ私自身は、すごく楽しんで書かせていただきました。今回は夢の中でエッチをしている相手を探す、というお話です。なので、読んでくださる皆様も、涼太と一緒になって犯人探ししてくださってたらいいなーと思います。

それから、かな~りどうでもいい情報ですが、作中にマルハナバチがしつこく出てくるのは、私の仕事部屋から見えるベランダの鉢植えに、毎日彼らがやって来るからなのです。

丸いフォルムのマルハナバチが、せっせと蜜《みつ》を集めている様子を眺めていると癒《いや》されます。

可愛い。……と同時に、こっちもお仕事頑張らないと、と思わされます。

というわけで、またなにかの形でみなさまとお会いできるよう、この次も頑張りたいなと思います。

最後にイラストを描いてくださった高久尚子《たかくしょうこ》先生。キャララフを拝見させていただきましたが、すごく素敵な三人を描いていただけそうで、今からとっても楽しみです。先生の繊細なタッチでカバーを飾っていただけるなんて、夢のようです。ありがとうございます！

また、本当に長い長い間ご指導くださっている担当様。私の欠点をよくよく心得てくださり、いつも鋭くツッコんでくださるからと、甘えきってしまってごめんなさい。これからも手綱を握っててください。今回も、ありがとうございました！

そしていつも支えてくれるお友達。中でも今回はかなりお手伝いしてもらったAさん。応援してくれる家族。色々色々、ほんとに、すみません。

それでは、またどこかでお会いできることを願っています。

ここまで読んでくださり、本当にありがとうございました！

マルハナバチを愛《め》でつつ　樋口美沙緒

この本を読んでのご意見、ご感想を編集部までお寄せください。
《あて先》〒105－8055　東京都港区芝大門2－2－1　徳間書店　キャラ編集部気付
「八月七日を探して」係

■初出一覧
八月七日を探して……書き下ろし

Chara

八月七日を探して……

【キャラ文庫】

2010年7月31日　初刷

著者　樋口美沙緒
発行者　吉田勝彦
発行所　株式会社徳間書店
〒105-8055　東京都港区芝大門2-2-1
電話048-451-5960（販売部）
03-5403-4348（編集部）
振替00140-0-44392

印刷・製本　図書印刷株式会社
カバー・口絵　近代美術株式会社
デザイン　百足屋ユウコ・海老原秀幸

ISBN978-4-19-900581-7

投稿小説★大募集

『楽しい』『感動的な』『心に残る』『新しい』小説——
みなさんが本当に読みたいと思っているのは、どんな物語ですか？　みずみずしい感覚の小説をお待ちしています！

•応募きまり•

[応募資格]
商業誌に未発表のオリジナル作品であれば、制限はありません。他社でデビューしている方でもOKです。

[枚数／書式]
20字×20行で50～100枚程度。手書きは不可です。原稿は全て縦書きにして下さい。また、800字前後の粗筋紹介をつけて下さい。

[注意]
①原稿はクリップなどで右上を綴じ、各ページに通し番号を入れて下さい。また、次の事柄を１枚目に明記して下さい。
（作品タイトル、総枚数、投稿日、ペンネーム、本名、住所、電話番号、職業・学校名、年齢、投稿・受賞歴）
②原稿は返却しませんので、必要な方はコピーをとって下さい。
③締め切りは特別に定めません。採用の方にのみ、原稿到着から３ヶ月以内に編集部から連絡させていただきます。また、有望な方には編集部からの講評をお送りします。
④選考についての電話でのお問い合わせは受け付けできませんので、ご遠慮下さい。
⑤ご記入いただいた個人情報は、当企画の目的以外での利用はいたしません。

[あて先]　〒105-8055 東京都港区芝大門2-2-1
徳間書店 Chara編集部 投稿小説係